EIRA LLWYD

GARETH EVANS-JONES

GWASG Y BWTHYN

ISBN 978-1-912173-13-6

Cyhoeddwyd gyda chymorth ariannol
Cyngor Llyfrau Cymru

Llun y clawr a'r delweddau mewnol: Luned Aaron
Dylunydd y clawr: Sion Ilar

Cyhoeddir englyn Mererid Hopwood o'r gyfrol, *Nes Draw*,
gyda chaniatâd Gwasg Gomer

Cyhoeddwyd ac argraffwyd gan:
Gwasg y Bwthyn, Caernarfon
gwasgybwthyn@btconnect.com
01286 672018

I Mam
ac er cof am fy nhaid,
Robert John Williams (1907-1988),
y Celt o Fôn na chefais y cyfle i'w adnabod.

Cadw fi fel cannwyll dy lygad,
cuddia fi dan gysgod dy adenydd

Salm 17:8

Cof yfory fydd cyfarwydd – yn dweud
am ein dydd, ac arwydd
ein stori fydd distawrwydd
beiblau aur y dail bach blwydd.

Mererid Hopwood

Pluo

Seren yn y weiren bigog, dyna a welai Jakob o'r eiliad y câi ei ryddhau hyd ei gorlannu gyda'r gweddill i'w cytiau ar derfyn dydd. Y seren bigog.

❄

Pwysodd Shimon yn erbyn y pren i geisio anadlu mymryn o awyr iach rhwng y styllod.

O'r diwedd, roedd olwynion y cerbyd yn arafu, wedi deuddydd o deithio. Craffodd drwy dwll yn y pren a gweld rhes o ddynion mewn lifrai'n disgwyl. Yna, teimlodd rywun yn cythru amdano. Edrychodd i lawr a gweld llaw fach wedi nythu yn ei law yntau. Edrychodd draw i gyfeiriad tad y bachgen a'i weld yn llesg yn ei gwman, ei lygaid culion yn ymbil ar Shimon.

Hyrddiwyd pawb yn eu blaenau wrth i'r cerbyd stopio.

❄

'Aros wrth fy ymyl i,' ma Mam yn ddeud mewn llais-llgodan-fach er bod pawb arall yn cadw twrw. Ma golwg 'di dychryn arni 'fyd. A sawl un arall yma. Dw inna'm yn hapus iawn chwaith. Dwi wir isio diod, a bwyd, ac ma 'nhraed i'n brifo'n ofnadwy rŵan. Dwi 'di gorfod sefyll yr holl ffor' ers i Mam ddeud bod hi'n methu 'nal i ddim mwy ... Ac ma hi'n ... ma hi'n drewi 'ma 'fyd. Ma'r bwced pi-pi 'di troi a'r llawr yn stici.

Dwn i'm faint o bobl sy 'ma. Dwi 'di trio cyfri ond fedra i'm gweld yn ddigon pell. Ma 'na ddynas fan'cw 'di syrthio 'fyd, 'i phen hi'n sgi-wiff.

Ma 'na sŵn mawr tu allan rŵan. Sŵn fath â 'farchnad. Ac ma'r drws yn agor. Aw! Ma'r gola'n brifo'n llgada fi.

'Cofia, aros wrth fy ymyl i.'

Roedd hi'n chwith iawn arno bob tro y camai dros y trothwy. Fe godai ei law dde'n reddfol i gyffwrdd postyn y drws cyn teimlo dim byd yno. Ond dal i wneud a wnâi, dal i deimlo'r diffyg, gan adrodd y Shema'n dawel wrtho'i hun.

Ni fentrodd Shimon edrych yn iawn ar y swyddogion wrth iddynt gerdded ar hyd y rhesi i astudio'r newydd-ddyfodiaid. Roedd y bachgen yn dal i fod fel gelen wrth ei ymyl a'i wynt yn codi'n gwmwl o'i geg. Gwelai

Shimon ambell swyddog yn craffu'n hirach ar ambell un. Roedd yn rhaid eu hastudio'n fanwl.

'Ma'r Selektion fel mynd i'r mart; ma'n rhaid gwahaniaethu rhwng y gwartheg sy'n ddigon da i'w bridio a'r lleill sy'n dda i ddim ond i gael eu pesgi,' cofiodd Shimon yr hyn ddywedodd yr hen ŵr wrtho y noson olaf honno cyn iddo fynd ar y cledrau.

'Gwrywod yr ochr yma. Benywod yr ochr draw.'

A dechreuasant ddidoli.

✳

'Links.'

Dydi Mam ddim yn symud.

'Links!'

Ma hi'n dal i sefyll yma, er bod y dyn yn gweiddi arnon ni. Ma gynno fo glustia pigog 'fyd. Fath â rhai tylwyth teg.

'Links, Jüdin!'

Ma hi'n gwasgu'n llaw fi. Yna ma dyn arall yn dod at y dyn-clustia-pigog 'ma ac ma hwnnw'n deud, 'Rechts.' Ac ma Mam yn symud yn syth.

Pam fod o 'di deud yn wahanol i'r dyn-clustia-pigog? ... Ella mai trio gesio efo pa law ma Mam yn sgwennu o'ddan nhw. *Chwith! Chwith!* Naci, llaw dde 'di Mam. Fi sy'n llaw chwith.

A 'dan ni'n ca'l sefyll efo'r merched llaw dde erill rŵan.

Ni chymerodd y gofrestr gymaint o amser y bore hwnnw gan fod dau drên wedi cyrraedd o fewn cwta ddeng munud i'w gilydd. Diolchodd Jakob. Roedd ei gefn yn dechrau cyffio ac yntau wedi bod yn eistedd yn ei gwman ers awr.

Gallai weld bod y cerbydau wedi eu gwagio'n barod: pentyrrau o gesys a bagiau a dodrefn wedi'u chwydu ar hyd y buarth, a'r bobl yn cael eu hel oddi wrth eu heiddo. Y bobl wedi ymrannu. Dynion a bechgyn. Gwragedd a merched. A dau grŵp bob un wedyn. Roedd mwy o ferched a phlant wedi'u hel i'r grŵp 'chwith' heddiw nag a fu ers tro.

Plygodd Jakob ei ben.

Gwthiwyd Shimon i ganol y dynion eraill. Wedi'i eillio, tynnwyd oddi amdano'n y fan a'r lle. Roedd o'n groen gŵydd drosto; doedd dim math o wres yn yr adeilad. Gallai glywed dannedd ambell un yn rhincian wrth iddo grynu. Un arall yn crio dan ei wyneb. A Shimon, bellach, wedi troi'n dalp o farrug.

Hysiwyd y dynion yn eu blaenau. Chwipiwyd y dyn o flaen Shimon am iddo geisio cuddio'i fannau isaf, 'Y mochyn uffar!'

Ac fe'i llusgwyd yn syth o'r adeilad gan un o'r swyddogion.

Cododd Shimon ei ben i'r cyfeiriad yr oeddent yn cael eu harwain a gwelodd yr arwydd 'Bad und Desinfektion' uwchben dau ddrws metel. Roedd ei du fewn yn teimlo'n hollol wag, fel petai rhywun wedi sugno'r bywyd ohono'n barod.

Agorwyd y drysau gan ddau mewn siwtiau streipiog. A sylweddolodd Shimon: doedd dim golwg o'r bachgen bach.

❄

Fel'na o'dd Hen-nain, medda Mam un tro: pen fel wy 'di'i ferwi ond bod hi'n gwisgo wig. Ond dwi'n cofio Mam yn deud na fasa hi byth yn licio gorfod torri'i gwallt hi fel'na. 'Lly pam ma hi'n gneud rŵan?

Mi edrychodd y ddynas gôt las arna i a deud

'mod i'n iawn. Gwallt ddigon cwta, medda hi. Pam bod nhw isio i'n gwalltia ni fod yn ... yn ... Ella bod ni am ga'l tynnu llunia sbesial? Nath Mam ddeud ella fasa fan'ma'n well na'r lle dwytha. Heblaw 'mod i 'di gorfod deud celwydd eto. Pan athon ni at y bwrdd i ddeud ein henwa a ballu, mi ddudodd Mam 'mod i'n un deg tri, bron yn un deg pedwar. Dwi'm yn licio gorfod deud hynna. Dwi'm 'di ca'l bod yn Bat Mitzvah eto! Ella cha i fyth rŵan.

Ma hi'n gweld ei gwynab hi'n y drych. Ma hi'n edrach yn ddigri. Digri od a digri ffyni ... Ma Mam yn edrach yr un fath â'r merched erill rŵan; â blew bob lliw ar hyd y llawr. Pam ches i'm torri 'ngwallt fath â nhw? Ella achos mai fi 'di'r fenga yma. Yn 'un-deg-tri-bron-yn-un-deg-pedwar'.

'Tynnwch oddi amdanoch!'

Roedd y dyn yn codi'i law chwith yn frwd ar Jakob ac ar unrhyw un a fyddai'n edrych i'w gyfeiriad. Roedd ei fraich dde fel petai'n sownd wrth ei frest, o dan ei ên, a'i ben yn gwingo'n amlwg. Ond roedd o'n dal i wenu. Er gwaethaf y daith a chyflwr y cerbydau, a chyrraedd y fan hon, roedd o'n dal i fod yn wên i gyd. Dyn deugain oed â llygaid plentyn ganddo y tu ôl i'r sbectol drwchus.

Cafodd ei yrru gydag eraill i gyfeiriad yr adeilad llwyd. Chwifiodd rhai o'r swyddogion eu dwylo'n llipa ar y dyn, gan chwerthin gyda'i gilydd. Chwarddodd yntau hefyd, a chwifio hyd yn oed yn fwy eiddgar wrth iddo gael ei arwain i lawr y grisiau.

✳

Roedd y sebon yn dal i fod yn llaw Shimon pan agorwyd drysau'r gawod.

✳

Dwi'm yn licio hyn. Dwi'm yn licio hyn o gwbl!

'Mam! Mam!'

'Shsh rŵan, 'mechan i.'

Ma hi'n 'y ngwasgu fi'n dynn ati, yn 'y nghadw i'n saff rhag y merched erill 'ma sy'n gweiddi a chrio.

Dwi'm yn licio twyllwch a dwi'm yn licio'r nos. Pam ma nhw 'di diffodd y gola?

'Shshsh.'

Ma 'na sŵn troi tapia. Sŵn chwrnu. Yna ma

'na glic mawr. Ac ma hi'n stido bwrw tu fewn. Ma 'na rai'n chwerthin. Rhai'n beichio crio. 'Di Mam ddim yn symud.

'Mam?'

Fedrith hi'm 'y nghlwad i.

'Mam? ... Pam ma'r dŵr yn pigo?'

Arbeit

Rhagfyr 1943 – Mai 1944

Y gwahaniaeth mewn maint oedd yr hyn a'i trawodd fwyaf. Er nad arhosodd yn hir iawn yn Birkenau, fe deimlodd ehangder y gwersyll hwnnw i'r dim. Roedd popeth yn fan hyn yn nes at ei gilydd. Pawb yng ngolwg pawb, ac yntau ymhlith y dethol rai a ddygwyd draw. Doedd o'n dal ddim yn gwybod pam. Dim ond dau ohonynt a ddaeth o Birkenau'r bore hwnnw: Shimon a'r dyn pryd golau â chraith dan ei lygad dde; yr un a oedd yn codi'r fwyell ac yn hollti coedyn ar ôl coedyn yn gelfydd dafliad carreg oddi wrth Shimon.

Trodd yn ôl at ei waith ac ailafael yn y llif.

Plygodd yn ei gwman a rhwbio'i law ar gefn ei ffêr. Roedd y clocsiau pren wedi brathu'i gnawd a'r briw yn cael dim llonydd i wella. Cododd y darn o ddefnydd a oedd wedi llithro dan ei sawdl a'i roi i orffwys rhwng y briw a'r esgid.

'Gafael ynddi, 'rhen ddyn,' rhybuddiodd ei Kapo.

Llanc prin wedi dechrau eillio yn taflu'i bwysau oedd y Kapo diweddaraf. Buasai Jakob unwaith, efallai, wedi styfnigo, wedi cyflawni'i waith yn ddigonol, ond fymryn yn fwy araf deg er mwyn gwylltio'r Kapo. Ond erbyn hyn, roedd Jakob yn pitïo drosto. Roedd gan bob Kapo'u breintiau a'r awdurdod i oruchwylio'u praidd, ond awdurdod dros dro ydoedd i sawl un.

'Tyrd rŵan, hen ddyn!'

✳

Dwi wrth 'y modd yn ca'l gneud y gwaith 'ma. Ma hi'n medru bod yn anodd, 'nenwedig agor y cria sy dal 'di clymu, ond dwi'n ca'l mwy o hwyl arni na fo 'rochr arall i'r bwrdd. Dwn i'm be 'di'i enw fo. Dwi 'di clwad y dyn tal, y 'Golem' fel ma Elsa'n ei alw fo, yn galw'r hogyn 'na'n 'Z2307'. Dwi 'di meddwl siarad efo fo ond dydi o'm yn sbio ar neb. Ac a deud y gwir, dwi'm yn gwbod yn iawn be i ddeud wrth rywun sy heb liw yn ei llgada.

✳

Y noson honno oedd y tro cyntaf iddynt siarad gyda'i gilydd yn iawn. Roedd sawl un ers diwrnodau wedi cysgu drws nesaf i rywun nad oeddent wedi torri'r un gair â nhw. Felly mentrodd pawb, a oedd yn fodlon gwneud, a holi ei gilydd.

Enwau, cefndiroedd, teuluoedd.

'Isak; Moishe; Eduard; Wilhelm; Eliasz; Egor; Shimon.' 'Gwlad Pwyl; Gwlad Belg; Hwngari; yr

Almaen; Gwlad Pwyl; dim gair; Gwlad Pwyl.' 'Priod, dau o blant; priod, tri o blant; priod, disgwyl plentyn; yn canlyn; sengl; dim gair; sengl.'

'Faint ydi dy oed di?' gofynnodd Isak, yr hynaf o'r criw.

'Pedair ar hugain,' atebodd Shimon.

'A dw't ti dal ddim 'di priodi?'

Ysgydwodd Shimon ei ben yn wan. Roedd yn gas ganddo holi o'r fath. Holi-codi-cywilydd.

'Heb ffendio'r hogan iawn mae o eto!' ceisiodd Eduard.

Daeth gwên wan fel craith i wyneb Shimon. Trodd ei ben, yn y man, a gweld y graith dan lygad Egor, cyn troi'n ôl at y sgwrs.

'Hoff fwyd 'ta?'

Roedd yna rych yn hollti'r ddau. Er iddo lwyddo i gadw gafael ar y llun a'i drin fel darn o aur, ni lwyddodd Jakob i'w gadw'n ddilychwin. Roedd yr ochrau wedi pylu hefyd, sylwodd. Cysgodion oedd y coed bellach a'r llwybr dan eu traed wedi dechrau diflannu. Ond roedd llygaid Rozia'n dal i fod yn gyflawn, yn fwyar duon o sglein, a'r wên gynnil yn crychu conglau'i gwefusau. Clywodd yntau wên fach yn cosi ond ildiodd o ddim iddi. Doedd dim diben. Roedd hi'n iawn edrych ar Ers Talwm ond nid ei deimlo. Ddim eto, beth bynnag.

Plygodd y llun yn ofalus a'i wthio'n dawel o dan y dillad a oedd yn glustog denau dan ei ben.

❄

'Mam?'

'Ia?'

'Lle ma'r menorah?'

Dydi hi'm yn atab fi am dipyn. Trio cofio lle nath hi adal o, ma'n rhaid. Ro'dd o gynnon ni yn y cwt pren ar y trên. 'N toedd? Gawn ni ddechra goleuo'r canhwylla cyn bo hir. 'Sgen neb arall un yma chwaith, dwi'm yn meddwl. Dim ots. Gawn nhw sbio ar un ni hefyd, ond dim ond fi a Mam fydd yn ca'l goleuo.

'Dwi'm yn meddwl y bydd gennon ni fenorah 'leni.'

'Pam?'

Fydd hi'n Hanwchah cyn bo hir! Ma'n rhaid inni ga'l un! Ma'n rhaid i shamash, 'y gwas bach',

25

oleuo gweddill y canhwylla, rhaid i ni ganu, rhaid i Mam neud crempoga tatws, fi ac Adam a Thomash chwara efo'r dreidel, a phawb ga'l presanta.

'Chawn ni ddim 'leni. Tydyn nhw ddim isio inni neud.'

Nhw? Y Golems?

'Pam?'

Ac ma hi'n rhoid ei braich amdana i ac yn 'y ngwasgu i'n dynn. Ffordd o 'ngha'l i i beidio â gofyn dim byd arall ydi hyn. 'Di o'm yn deg.

✳

Deffrodd yn ddisymwth. Roedd y cnul yn canu drwy'r gwersyll yn barod. Cododd o'i wely gan deimlo'i gyhyrau'n gwynio. Roedd pawb fel morgrug o'i gwmpas, yn rhedeg i bob cyfeiriad. Gwisgodd amdano'n sydyn gan fethu â chael hyd i'w gap, yna sylwodd fod ysgwydd Eduard yn gorwedd arno. Roedd y cnul yn dal i ganu.

'Eduard?' gofynnodd Shimon, cyn mentro estyn ei law at ei fraich. 'Eduard?'

Trodd Eduard ar ei gefn yn drwm. Roedd croen ei wyneb fel afal wedi madru a'i wefusau wedi'u cleisio.

Edrychodd Shimon draw at Egor; daeth yntau ato, a'i helpu i gario'r corff i'r buarth ar gyfer y gofrestr.

✳

Y Sul. Saboth y Cristion.

Safodd Jakob cyn sythed ag y medrai wrth i'r swyddogion gerdded o gwmpas.

Cofia'r dydd Saboth i'w sancteiddio ef.

'Mützen ab!'

Diosgodd pawb eu capiau.

Chwe diwrnod yr wyt i weithio a gwneud dy holl waith ...

Gofynnwyd i dri ble roedd eu capiau. Dim ateb. Gofynnwyd eto. Dim ateb.

ond y mae'r seithfed dydd yn Saboth yr Arglwydd dy Dduw ...

Y Blockführer yn gwneud arwydd ar griw o swyddogion i ddod at y tri, a'u cymryd.

na wna ddim gwaith y dydd hwnnw ...

O gil ei lygad, gwelodd Jakob un o'r Aufseherinnen yn rhythu ar wraig oedd ag wyneb yn hŷn na'i hoed.

ti na'th fab, na'th ferch, na'th was, na'th forwyn, na'th anifail ...

Cododd yr Aufseherin ben y wraig gerfydd ei gên i gael golwg iawn ar gwlwm y pensgarff.

na'r estron sydd o fewn dy byrth ...

'Korrekt.'

oherwydd mewn chwe diwrnod y gwnaeth yr Arglwydd y nefoedd a'r ddaear, y môr a'r cyfan sydd ynddo; ac ar y seithfed dydd fe orffwysodd ...

Gwnaed arwydd i gyfeiriad dynes, oherwydd y rhwyg yn ei sgert, ac fe'i cymerwyd. Gwaeddodd ei chwaer ar ei hôl ac fe'i curwyd hithau.

am hynny,

Brathodd Jakob ei ên.

bendithiodd yr Arglwydd y dydd Saboth a'i gysegru.

Awr yn ddiweddarach cafodd pawb ymrannu a dechrau ar eu dyletswyddau i gyfeiliant carolau'r gerddorfa; ar wahân i'r rhai a oedd yn dal i orfod mynd i'r ffatrïoedd, neu'r meysydd gwaith y tu hwnt i'r gwersyll, a'r sawl y gorchmynnwyd iddynt rawio'r eira.

Twtio'r cytiau, cyweirio a golchi dillad, torri gwalltiau, a byddai'r sawl a wnaeth yn dda yn ystod yr wythnos ddiwethaf yn cael eu hanrhegu gyda phapur a phensil. A hynny er mwyn sancteiddio'r Saboth.

Sgwriodd Jakob ei glocsiau. Darfu ei Shabbat wrth i'r sêr ymddangos yn yr awyr y noson flaenorol.

Ma Mam yn rhoi row i mi eto am chwara efo'r cardia.

'Fiw i ti, rhag ofn i rywun weld.'

Ma Musus Peth'na'n deud wrth Mam na ddyla hi boeni gymaint, ac y dyla hi 'ddangos mymryn mwy o chutzpah', be bynnag ma hynny'n feddwl. Ma Mam yn cau ei llgada wedyn, yn dynn am dipyn. Yna ma hi'n sbio arna i. A dw inna'n begio arni i ga'l gorffen y gêm, i mi drio curo Elsa. Ma hi ar y blaen a fi nath ddysgu hi sut i chwara!

Roedd yna rywun newydd yn cysgu wrth ymyl Shimon erbyn y nos. Disodlwyd Eduard mewn pnawn: daeth gŵr arall yn gwisgo'r un esgidiau, yr un cap, a'r un siwt streipiog ond â rhif gwahanol, i'r cwt.

Tro Jakob oedd hi i rawio llwybr. Fedrai o dal ddim deall sut allai rhywbeth mor ysgafn â phluen eira fod cyn drymed o fod wedi casglu ynghyd.

Roedd Jakob wedi cael gwisgo siaced ychwanegol at y gwaith ond prin roedd honno'n ei gadw'n gynnes. Byddai pluen hefyd yn siŵr o lanio ar ei war a rhedeg yn ddiferyn rhynllyd i lawr ei gefn. Roedd ei fysedd fel rhai celain a'r cryd cymalau yn ei arddwrn yn araf gloi'i law, ond daliodd ati serch hynny.

Yn y man, daeth ei Kapo heibio iddo a dweud, 'Dos i dy gwt rŵan, hen ddyn.'

Mentrodd Jakob godi'i ben, i gadarnhau nad oedd yr awel yn chwarae castiau ag o, ac amneidiodd y Kapo at y cytiau, heb arlliw o deimlad yn ei wyneb.

❄

O'n i'n arfar licio mynd i gysgu a gweld llunia tu ôl i'n llgada fi, ond dwi'm 'di gweld dim ers cyrradd yma, heblaw am wyneba merched yn sbio'n hyll arna i.

'Pam fod honna 'di ca'l byw?!'

Dwi'm yn licio pan ma nhw'n ffraeo. Mi fydd 'na un yn sbio, un arall yn deud rhwbath ac wedyn pawb yn siarad ar draws ei gilydd. Mi fydd Mam yn 'y ngwasgu'n dynn, ac Elsa'n gafa'l yn fy llaw i, ac mi fydd Musus Peth'na fath â cath yn chwythu ar y merched erill.

Wedyn mi fydd y ddynas efo band piws am ei braich yn dŵad i mewn ac yn hitio Musus Peth'na a'r ddynas oedd yn sbio a'r ddynas ddaru ddechra cega a bydd Mam yn deutha fi i beidio crio.

Ar ôl i'r ddynas-band-piws fynd, mi fydd 'na rywun yn 'i galw hi'n 'bradwr' ac mi fydda inna'n cau'n llgada.

'Swn i wir yn licio medru cysgu a gweld rhwbath arall. Dim ond am funud.

❋

18.

22941. Roedd o wedi teimlo'r nodwydd yn pwytho'r rhifau i'w groen, yn fathodyn ei arwahanrwydd. Byddai'n edrych ar ei fraich am yn hir bob gyda'r nos, ac yntau wedi ymlâdd ar ôl oriau o hollti coed, halio cerrig, a byw fel cysgod; a thrwy gydol y cyfan, deimlo defnydd ei grys yn cosi'i groen.

22941. Edrychodd ar y rhif eto.

Pam mai'r rhif hwnnw a roddwyd iddo? Pam na ddaeth o'r cerbyd yn gynt a chael ei nodi â 22940? 22939? 22938?

2 a 2 a 9 a 4 ac 1. Cyfanswm o 18. *Chai*. Y rhif cyfrin hwnnw oedd yn arwyddo 'bywyd'.

Dychmygai lais ei dad: 'Dyna pam gest ti dy nodi â hynny.'

Ei dad. Yr Iddew ffyddiog. Yr un a ymddiddorai yn nhraddodiad y Kabbalah. Yr un a gollodd ei fywyd ar y ffordd o'r ghetto.

Rhedodd ei fys ar hyd y rhif.

חי. 18.

Yna tynnodd Shimon y llawes dros ei fraich.

Arwydd cyfrin.

'Coel gwrach,' sibrydodd wrtho'i hun.

Gyda dyfodiad y gwanwyn, byddai gobaith am fwyd wastad yn codi yn y gwersyll. Er iddo wybod fod y gobaith hwnnw'n gwbl ddi-sail, roedd rhywbeth oddi fewn iddo'n dal i ddisgwyl rhyw daten neu foronen yn ychwanegol, neu hyd yn oed ryw dafell heb ddechrau llwydo. Greddf, efallai. Chwant, fwy na thebyg.

'Petha barus ydi moch!' cyhoeddai'r swyddogion, wrth weld rhywun wedi llowcio cynnwys ei ddysgl mewn dim.

Ond roedd ei gorff wedi medru addasu'n weddol, wedi dysgu na fyddai'n derbyn yr holl faeth angenrheidiol. Bellach, roedd Jakob wedi gorfod clymu llinyn o gylch ei wast i ddal ei drowsus rhag llusgo ar hyd y llawr. Fodd bynnag, wrth i'r dyddiau ymestyn, byddai'r hen deimlad cynhenid yna'n cnoi weithiau; greddf, chwant, neu awydd byw.

Ma 'mol i'n teimlo'n llawn er bod o'n chwrnu. Ma Mam yn estyn tamad bach o'r bara ro'dd hi 'di'i gadw erbyn y bore ac yn ei roid imi.

Dwi'n gweld isio bwyd-adra-Mam. Ddyla bod nhw'n gadal iddi hi fynd i'r gegin. Mi fasa hi'n gneud bwyd iawn i bawb. Ac ella wedyn 'swn i'n ca'l llefrith siocled!

Cofio pan fasa Dad 'di gwerthu cadair neu fwrdd go lew ac wedi ca'l dipyn o bres, mi faswn i a Mam yn ca'l mynd i siop groser Grünberg. Ac ar ôl i Mam ga'l y ffrwytha a'r llysia a'r papur newydd a ballu, mi fasa Mistar Grünberg yn estyn y potyn coch o ben y silff ac yn rhawio'r powdwr siocled efo llwy. Un, dau, tri – ac ar ddiwrnod da – ca'l un arall, 'am lwc!' Ac mi fasa Mistar Grünberg yn rhoi winc dros 'i sbectol imi, wrth glymu'r bag.

Wedyn gyda'r nos, mynd i'r gegin a gwatsiad y llefrith yn brownio wrth i Mam droi'r llwy. A chlwad yr ogla cyn yfad, a'r ddiod yn 'y ngneud i'n gynnas tu fewn.

'Mam ...'

'Ia, pwt?'

'Dwi'm yn licio bod yma.'

'Na finna chwaith.'

'Ma nhw'n bobl gas, 'dydyn?'

'Gawn ni fynd o 'ma cyn bo hir, 'sti.' Dwi'n agor fy llgada ac yn edrach i fyny arni wrth iddi fwytho 'mhen. 'Mi ddaw 'na rywun cyn bo hir.'

'Be?'

'Mi ddaw 'na ail Foshe i'r tŷ caethiwed yma, a'n rhyddhau ni i gyd ... Mi wneith o agor y gatiau fel yr agorodd Moshe'r Môr Coch ... a bydd o'n trechu'r Pharo diwynab yma, a'i ddilynwyr ... Ac mi gawn ninnau fynd ... adra i Seion.'

'At Adam a Thomash!' Dydi Mam ddim yn atab. 'Dad fydd yn dod?' Dal i gribo 'ngwallt i. 'Siŵr fod o 'di cyrradd erbyn hyn ac wedi ca'l help, 'dydi?'

Ma'i llgada hi'n sgleinio fel sêr yn y môr.

'Ac mi ddaw o i nôl ni, a, a gawn ni fynd i ... i ...'

Ma Mam yn gorfadd rŵan, yn 'y nhynnu fi ati ac yn rhoid 'i phen yn erbyn f'un i. Ew, 'swn i'n gneud rhwbath am ddiod o lefrith siocled.

❄

Doedd dim golwg ohonynt yn unlle. Bu'r swyddogion yn chwilio ers peth cynta'r bore. Dim. Allai Jakob ddim credu bod y ddau ifanc wedi llwyddo.

Dim ond si a glywodd a, gan amlaf, doedd dim sylwedd i'r rheiny. Ond y tro hwn, roedd y si'n berffaith wir. Alfred oedd enw'r hynaf, wyddai Jakob ddim beth oedd enw'r ieuengaf. Roedd y ddau wedi bod yn cynllunio ers wythnosau ac yn ddiweddar, gydag arogl cyrff yn codi o'r simnai ddydd a nos, penderfynodd y ddau fentro.

Erbyn hyn, roeddent i fod wedi trochi'u hunain mewn

cymysgedd o betrol a thybaco er mwyn nadu'r cŵn rhag eu harogli, ac wedi mynd i guddio yr ochr draw i'r ffens, dan y pentwr o goed a gadwyd i godi adeilad newydd. Roedd y ddau wedi llwyddo, mae'n rhaid. A chyn hir, byddai'r byd i gyd yn cael gwybod am yr hyn fu'n digwydd yn y rhan hon o Oświęcim.

Yn y cyfamser, roedd Jakob a'r carcharorion eraill wedi'u corlannu ynghyd i wynebu'r SS. Cerddent yn hynod bwyllog. Camau sawdl-cyn-gwadn.

Cerdded. Syllu. Ystyried. Holi.

Ysgydwodd un ei ben.

'Ateb yn iawn! Wyt ti'n gwybod lle mae'r ddau?!'

'N-nac ydw, syr.'

Clec. Symud at un arall. Yr un cwestiwn.

'N-na'dw. Syr.'

Clec. A thrachefn, a thrachefn, a thrachefn. Gallai Jakob deimlo'i lygaid yn llenwi ond doedd wiw gollwng dagrau.

Clec. Clec. Clec.

'Dim gweddïo!'

Clec. Clec. Clec.

Roedd y nos wedi cropian yn droednoeth drwy'r gwersyll, a'r lampau wedi deffro erbyn hyn. Teimlai coesau Jakob yn simsan oddi tano ond gwnaeth ei orau i anwybyddu'r teimlad: y glocsen yn brathu'i gnawd. Hoeliodd ei lygaid ar y gro a phenderfynu adrodd y Kaddish. Châi'r sawl a oedd newydd eu lladd ddim angladd, nac wythnos o alaru dwys, na chladdedigaeth barchus. Felly adroddodd Jakob y weddi yn ei ben:

Amlyger mawredd a sancteiddrwydd Ei Enw yn y byd a greodd yn ôl Ei ewyllys ...

A stopiodd. Ni fedrai barhau. Roedd geiriau'r Kaddish fel haearn poeth ar ei groen. Yn amharchus, rywsut.

❆

Ma hi'n gneud o eto ... Ac eto! ... Ac eto 'fyd!

'Sna neb arall yn sylwi? Dwn i'm sut fedran nhw beidio.

Pam ma hi'n gneud y twrw 'na? Ma hi'n swnio 'tha mochyn efo annwyd. Rhyw wichian snotlyd yn dŵad o'i gwddw hi ... Eto 'fyd!

Y tro cynta imi glwad hi'n gneud y sŵn 'na, o'n i'n meddwl ella bod gynni hi rwbath yn sownd yn 'i gwddw a dyna pam o'dd hi'n chwrnu, ac o'n i'm yn dallt pam o'dd neb yn helpu hi. Ond do'dd 'na'm byd yn styc yn 'i gwddw hi ...

A bob nos – bob un noson, ryw ben, mi fydd

hi'n gneud y sŵn 'na. Y gwichian snotlyd 'na.

Ma Elsa 'di sylwi erbyn hyn 'fyd. Ddaru hi sbio arna i gynna pan o'dd y ddynas 'na'n rhochian, a pwsio bys dan 'i thrwyn hi. 'Nes i ddechra giglan wrth i Elsa neud gwynab mochyn ond mi sbiodd Mam yn gam arna i ... eto ...

Dwi'm yn ca'l giglan, ond ma hon yn ca'l gwichian 'run fath.

✳

Sychodd ei wyneb gyda chefn ei law. Roedd ei chwys yn gymysg â'r glaw'r bore hwnnw, a dim argoel o haul ar y gweill. Dawnsiai'r nodwyddau ar hyd ei groen ac ar hyd ei ddillad gan wneud i bopeth deimlo'n drymach amdano.

Doedd dim rheswm mewn dal i weithio a'r fath dywydd yn tabyrddu o'u cwmpas. Buasai'r coed wedi gwlychu drwyddynt a'r gweithwyr yn siŵr o ddal annwyd. Yna sobrodd Shimon. Gweithwyr yn gwaelu: esgus i'w gwaredu.

Gwasgodd ei law am y llif ac ymdrechu'n daer hyd nes cwympodd y plocyn.

✳

'Nes i ffendio watsh yng nghanol y sgidia heddiw. Dwn i'm be o'dd hi'n dda yna ond fan'na o'dd hi. Watsh boced lliw aur a chynffon ganddi, ac wrth imi afa'l ynddi, mi stopiodd y bysidd symud. O'n i 'di stopio amsar 'lly. A dyma fi'n meddwl, os ydw i'n medru stopio amsar, ydi hynna'n meddwl 'mod i'n wrach? A bod pob dim o'dd pobl yn gweiddi arnon ni adra a pheintio ar ffenestri yn wir? Bod ni'n wrachod, yn ddewiniaid ... yn ... yn blant y diafol ...?

'Paid â siarad yn wirion. 'Rhein fan'ma ydi plant y fall. Nid y chdi ...'

Ges i row gan Mam ac mi gymrodd hi'r watsh oddi arna i.

'Ddylat ti fod wedi'i gadal hi lle'r oedd hi!'

Wedyn, dyma fi'n meddwl, os dydw i ddim yn wrach ddrwg, a 'mod i'n gallu stopio amsar, ella 'swn i'n medru troi amsar yn ôl, neu ymlaen. A newid bob dim. Ond ches i'm cyfla.

Byddai'n sgubo'r llwch ar hyd y llawr drwy'r dydd ac yn gorfod eu hanwybyddu. Gwasgai'r ffon pan welai nhw, pan glywai nhw, pan deimlai nhw o bell, a methu edrych ar yr un ohonyn nhw.

'Taid! ... Taid!'

Syllodd yn simsan ar ei draed wrth ei chlywed yn nesáu, wrth glywed y gelpan i gefn y fechan, a'r gelpan arall i'w thewi.

Gwasgodd ei ddwylo'n dynnach wrth deimlo'i stumog yn sigo, ond dal i sgubo'r llwch ar hyd y llawr a wnaeth, wrth i gri'r fechan atseinio'n hir. Dal ati'n dawel, dal ati'n ufudd ... a dal ati i adrodd iddo'i hun ...

Shema Yisrael ... Adonai Eloheinu ... Adonai ... Ehad ...

❄

Ma Musus Peth'na 'di bod yn ddistaw iawn heno, ac Elsa 'fyd. Dolur gwddw, ella. Fedrwch chi ddal dolur gwddw 'run fath â dal annwyd?

Ma Mam yn hwyr yn dod 'nôl 'fyd. Fel arfar, mi fydd hi'n dod 'nôl efo Musus Peth'na a'r merched erill, ond ddoth hi ddim heno. Ella bod gynni hi lot o waith i neud eto, neu bod hi'n siarad efo un o'r Golems – dydi bob un 'im yn ddrwg i gyd. Doedd hwnnw ddaru fynd â 'Z2307' i 'molchi ddim yn annifyr. 'Mond rhai sydd. Rhai fath â rheiny ddaru frifo Elsa pnawn 'ma.

'Tyrd rŵan, cyw.'

Ma Musus Peth'na'n galw arna i ond dwi'm am symud o'r drws 'ma. Ma 'na dwll bach ynddo fo ac mi fedra i weld tu allan ... Dwi'n siŵr fod hi'n bwrw eira 'fyd. 'Sgwn i gawn ni fynd allan i chwara? Yn slei bach, heb i'r Golems weld?

'Mae'n amser gwely.'

'Mots gen i. Dwi'm 'di blino beth bynnag. 'Swn i'n methu cysgu rŵan taswn i'n trio. Na, dwi am aros yma tan fydda i'n gweld Mam yn cerddad drwy'r eira.

macht

Mehefin 1944 – Rhagfyr 1944

Roedd y gaeaf wedi troi'n wanwyn ac yna'n haf, a'r cyfan a arwyddai hynny oedd y coed yn deilio'n dawel. Ar wahân i'r eira'n dadmer dan droed, doedd y tywydd ddim fel petai'n newid yn y gwersyll. Roedd hi wastad yn oer yno. Hyd yn oed yng nghanol y dydd, fyddai gwres yr haul yn ddim ond nudden o gyffyrddiad ar groen. Felly y teimlai i Shimon, beth bynnag.

❄

Gwyliodd Jakob y llanc yn crwydro o'r rhes ac yn rhedeg. Nerth ei draed. Nes bod cymylau o lwch yn codi o'i ôl. Rhedeg a rhedeg i ben pella'r gwersyll. Yna sylwodd Jakob nad oedd yr un swyddog wedi ymateb, dim un wedi mynd ar ôl y llanc, dim un yn y tyrau wedi troi eu gynnau tuag ato; dim ond ei wylio'n nesáu at y ffens oedd â'r weiren bigog wedi dechrau cochi. Roedd y cŵn yn cyfarth o bob cyfeiriad. Crwydrai llygaid Jakob o'r naill swyddog at y llall a gweld pob un fel delwau'n rhythu ar y llanc yn rhedeg. Trodd yn ôl i edrych ar y ffens ac o dipyn i beth, daeth i sylwi ar yr arwydd â'r sgrifen yn sgrechian mewn iaith nad oedd y creadur yn ei deall.

Camodd y llanc yn ei flaen, fel gwyfyn i lygad cannwyll.

Yr ennyd honno, clywodd Jakob ambell un yn ceisio

mygu sgrech, un arall yn ffrwyno deigryn, a'i galon yntau'n dechrau dyrnu wrth weld y llanc yn syrthio.

Camodd swyddog at y corff. Dilynodd dau. A dadebrodd pawb arall.

Sgubodd Jakob yn dawel wrth iddynt afael yn y llanc a'i lusgo-cario i Amlosgfa III. Aethant heibio Jakob a chafodd yntau gip sydyn ar y llanc, ar yr hanner gwên, hanner gwaedd wedi'i sodro ar ei wyneb.

Drannoeth, sylwodd Jakob ar bentwr bach, bach o gerrig wedi eu gosod yn siâp olwyn drol wrth droed yr arwydd

Vorsicht
Hochspannung Lebensgefahr

Gwelodd y pentwr, a gwelodd y plentyn a gafodd y bai am osod y cylch yn mynd am dro gyda swyddog.

Fath â rhuban Nain; yn goch ac yn gyrls i gyd. Presant gan Taid o'dd o. Bob tro fasa hi'n benblwydd Nain, mi fasa hi'n gwisgo'r rhuban coch 'na'n gwlwm ar gefn ei phen, yn swsys Taid yn 'i

gwallt hi ... Ma'r llinell ar hyd cefn Musus Peth'na'n union 'run fath â rhuban Nain. Cip sydyn ges i ohoni pan o'dd Musus Peth'na'n sychu'i hun – dw inna'n chwysu lot mwy rŵan hefyd, er bod hi'n oer yn y nos. Doedd neb arall yn sbio; pawb efo'u pennau 'di plygu fath â chwiod ar lyn. A ddaru hi'm gweld fi'n sbio chwaith. Dwi'm yn meddwl. Llinell flêr, goch o'dd hi, efo tro yn y gwaelod, fath â bachyn sgota ... neu wên fach.

Ar ôl iddi roid 'i breichia'n ôl yn y pyjamas, mi ddoth i ista ata i, gafa'l yn 'yn llaw i a'i dal hi'n dynn, dynn rhwng 'i dwylo hi. O'ddan nhw'n teimlo fel dwylo Dad ar ôl iddo fod yn trwsio'r cadeiria a'r byrdda fydda pobl yn dŵad i tŷ ni 'stalwm ... ac yn gwasgu fel dwylo Mam ... O'dd gen i boen bol wrth feddwl am Mam ... Ddaru ni ista fel'na ar ochr y gwely am dwn-i'm-faint. Ista'n deud dim.

Ma Musus Peth'na'n gorfadd rŵan, wedi cau'i llgada'n dynn, 'run fath â finna. Dim ond wedi cau llgada.

✳

'Dw innau'n eu cael nhw weithiau,' cyfaddefodd Egor, wrth roi sigarét i Shimon. Cawsai ei wobrwyo gan ei oruchwyliwr am dorri mwy o goed na'i gydweithwyr y diwrnod hwnnw. Wyddai Egor ddim, fodd bynnag, fod y dyn a dorrodd y nifer lleiaf o goed wedi cael ei yrru at Dr Clauberg yn Birkenau i'w 'gynorthwyo' gyda'i ymchwil.

Tynnodd Shimon yn drwm ar y sigarét a theimlo'r mwg yn llenwi'i ben. Ni allai gofio'r tro diwethaf iddo gael smôc. Ymlaciodd drwyddo. Ond gyda hynny, teimlodd ei lygaid yn llosgi.

Roedd yr hunllefau'n digwydd yn amlach yn ddiweddar. Llithrai i gwsg anesmwyth a byddent yn cripian i'w gof. Golygfeydd sydyn oeddent, gan amlaf, fel ffilm ar ril wedi'i gwisgo: Shimon, ei dad a'i frodyr yn y synagog yn edrych i fyny ar y merched ar y balconi; Shimon yn sefyll ar y sgwâr ac yn gweld tri milwr SS yn chwerthin wrth i Motl orfod eillio barf ei dad o flaen cynulleidfa; noson y Natsïaid yn rheibio'r ddinas ac yntau, ei deulu, Motl ac eraill yn cuddio mewn llofft tŷ. Y fam ifanc yn rhoi lodnwm i'w babi i'w gadw'n dawel. Dyddiau'n llusgo heibio. Y botel yn gwagio nes nad oedd diferyn ar ôl. Y fam yn ei dagrau. Y babi'n dechrau stwyrian. Ac un o frodyr Shimon yn tawelu'r bychan er mwyn arbed y gweddill; Motl wedi'i saethu, ond y wên ddireidus yn dal i fod ar ei wyneb; Shimon yn cael ei wthio, poeri arno, ei lwytho ar y cledrau, ei wasgu i ganol pobl; cyrraedd a gweld yr ehangder; y cymylau eira; a chlywed y lleisiau o'r lludw; y bachgen bach.

Wedyn byddai'n deffro.

Stwmpiodd ei sigarét. Roedd hi'n amser clwydo.

❉

Mae yno eto, yn un mewn haid yng nghanol Będzin. O'i gwmpas, mae yna fur o filwyr yn arthio.

Ffrwydrad. Tŷ arall yn tagu tân o'i ffenestri.

Mae rhai'n chwerthin, eraill yn dathlu. Mae'r dyn wrth ymyl Jakob yn crynu.

Ffrwydrad. Siop groser. Y basgedi wedi'u taflu a'r tatws a'r afalau'n crwydro i bob cyfeiriad.

'Mamusia! Tatuś!'

Plentyn yn gwthio drwy'r dorf ac yn cyrraedd y milwyr.

'Mama! Tatuś!'

Mae'n gwthio, wedyn yn curo, ond y rhagfur yn ildio dim. A does neb yn ymateb nes i un, ychydig fodfeddi oddi wrth y plentyn, estyn am ei bistol.

Clec.

Y dyn wrth ymyl Jakob yn mentro a dau arall yn ei ddilyn.

Clec. Clec. Clec.

Ffrwydrad arall.

Ac mae llygaid Jakob yn llenwi. Mae gwres y ddinas yn ei ddadmer. Blaenau'i fysedd yn pigo. Ofn yn dechrau crynu drwyddo.

Ei gartref wedi'i losgi. Ei addoldy wedi'i ddifrodi.

Cyfyd ei ben ac edrych ar y synagog eto. Y fan lle daeth y ddau ynghyd. Y fan lle ffarweliodd â Rozia.

Mae'n ei orfodi'i hun i graffu'n fanylach, i wylio fflamau'r fall yn llyfu'r adeilad. Mae'n clywed lleisiau'r dynion sydd wedi'u caethiwo yn clecian o'r tu fewn, wrth i'r mwg godi'n gwmwl o gigfrain uwch ei ben.

Agorodd ei lygaid.

Roedd ei galon yn dyrnu eto. Cododd ar ei eistedd a gweld gwawr diwrnod arall yn gwthio'i bysedd drwy'r to. Diwrnod newydd, ond y nawfed o Fedi'n mynnu aros yn fyw yn ei gof.

❄

Dafn. Dafnau dŵr. Dyna ydi'r peli mwclis sy 'di glynu yn y we yng nghornal y ffenast. Dim dagrau Duw, na chwys sbeidar, na tisian tylwyth teg.

Cofio dysgu'n 'rysgol mai 'dafn' ydi'r dŵr 'na. Ro'dd Musus Weisell wedi gneud i'r dosbarth cyfan ddeud y gair yr un pryd inni gael teimlo'r 'dafn' fath â da-da poeth yn ein cega. A chofio dysgu fod 'dafn' a 'diferyn' a 'deigryn' yn betha hollol wahanol. Dwi'm yn meddwl fod Musus Peth'na'n gwbod hynna. Ma hi'n hymian rhyw gân weithia pan 'dan ni'n gorfadd yn y gwely'n cau llgada. A bob tro ma hi'n hymian, mi fydd hi'n sibrwd canu:

> *Fel gwlith yn llygad yr haul,*
> *Fel dagrau ar ruddiau'r dail.*

Dafnau dŵr fasa ar ddail, 'de? Dim dagrau.

Ma'r Golem 'na'n sbio arna i rŵan. Well imi neud gwaith. Dwi'm isio mynd i'r Tŷ Nodwydd. Ddim ar ôl i Elsa ddeud bod hi 'di gweld dynas yn dŵad o 'na a'i braich hi fath â coes bren efo tylla pry.

'Dydi'r gadair 'na'n dda i ddim rŵan ond fel coed tân,' fasa Dad yn ddeud.

Ma'r Golem 'di troi i sbio ar rywun arall rŵan. Mi ofynna i i Elsa heno ydi hi 'di gweld y ddynas 'na wedyn.

Ma'r dafnau'n dal i fod yn sownd i'r we. Ma 'na bry bach 'na hefyd; 'i adenydd o'n symud yn wyllt, ond fedar o ddim symud. 'Sna'm golwg o'r sbeidar chwaith. Ond mi ddaw.

Gwyliodd y bara'n briwsioni wrth iddo rwygo'r dafell yn ddwy. Rhwbiodd ei fawd ar hyd un hanner a theimlo'r tyllau cras. Brathodd damaid, cnoi am sbel a gorfodi'i hun i lyncu. Yfodd hynny o ddŵr oedd ar ôl yn y ddysgl ar ei ben.

Cododd Shimon ei ben fymryn ond heb wneud hynny'n amlwg. Nid oedd y dynion yr ochr draw i'r ffens wedi stopio am ginio. Fydden nhw ddim yn cael.

Craffodd arnynt yn dal ati efo'u gwaith; eu cefnau wedi crymu a phob modfedd o'u dillad wedi baeddu, ar wahân i'r triongl ben i waered. Roedd y Winkel pinc yn mynnu dangos ei liw.

Oedodd un o'r dynion ieuengaf i gael ei wynt ato. Pesychodd. Penglog â mymryn o groen oedd o, meddyliodd Shimon, wrth i'r llanc rwbio'i wyneb.

'Dim diogi!' taranodd y swyddog cyn cythru am war y llanc a'i wthio yn ei flaen. Baglodd yntau a syrthio ar ei bedwar.

'Du Arschficker!'

A phoerodd y swyddog arno. Cododd y llanc yn araf deg a dal llygad Shimon wrth wneud. Plygodd yntau ei ben a throdd i olchi'i ddysgl.

Ger afonydd Babilon yr oeddem yn eistedd ac yn wylo wrth inni gofio am Seion.

Daeth geiriau'r salm i'w feddwl wrth iddo wylio'r ddwy'n golchi dillad ar lan y ffrwd a redai drwy'r gwersyll. Hen ddillad streipiog oeddent â staeniau ar hyd sawl un.

Plygodd y ferch i geisio sgwrio'r siaced yn iawn yn y dŵr. Roedd rhyw lwydni yn ei llygaid, rhyw ddiniweidrwydd a oedd yn araf ddiflannu. Trodd Jakob ar ei sawdl – roedd ei stumog yn gwasgu wrth weld y ddwy wrth eu gwaith – ac aeth draw i gyfeiriad ei Kapo.

Ni wyddai'r ferch, yn amlwg, fod y ffrwd yn llifo o'r goedwig ar gyrion y gwersyll, nac ychwaith fod y Sonderkommando wedi dechrau taflu'r lludw i'r afon yno.

Dwi'n trio 'ngora ond fedra i'm gneud o'n lanach. Dydi'r lliw brown 'ma ddim isio dod o'r trowsus. Dwi 'di sôn wrth Musus Peth'na ond ma hi 'di deutha fi am ddal ati i drio. Ma penna 'mysidd i'n brifo hefyd. Fel tasan nhw'n sbarcio.

Dyna fydda'n digwydd pan fydda Dad yn torri darn o fetal i fynd dan wynab bwrdd. Mi fasa 'na sbarcs yn neidio ar hyd y llawr.

'Safa'n bell!' medda Dad unwaith ond 'nes i ddim, ac mi nath 'na sbarc frathu 'nghlust i. Ma'r sbot yn dal i frifo weithia. Mwy dyddia yma ers i'r dail droi.

'Tyrd rŵan, cyw,' ma Musus Peth'na'n sibrwd.

A heb imi sylwi, ma'r brown 'di mynd o'r trowsus. Ma 'na gylchau'n neidio yn y dŵr rŵan hefyd. Pnawn yn y glaw fydd hi eto 'lly.

Treuliodd Jakob weddill y dydd yng nghwt y cryddion yn gwneud ei orau i gyweirio hen esgidiau. Nid oedd erioed wedi gwneud y gwaith hwn o'r blaen ond doedd dim dewis ganddo ond cydio yn y dasg orau y gallai.

Trwy gydol y pnawn byddai'r ferch ar lan y ffrwd yn dal

i droi'n ei ben, a byddai geiriau'r ysgrythurau'n ffrydio i'w feddwl; y geiriau a arferai fod yn gysur i nifer yn y gwersyll.

Udwch, fugeiliaid, gwaeddwch; ymdreiglwch yn y lludw, chwi bendefigion y praidd; canys ... cyflawnwyd y dyddiau ... i'ch lladd a'ch gwasgaru, ac fe gwympwch fel llydnod dethol.

Curodd ei fys yn lle'r hoelen. Neidiodd llygaid y swyddog arno. Pesychodd yntau'n dawel cyn codi'r morthwyl drachefn a tharo'r hoelen ar ei phen.

❈

Nid oedd wedi sgrifennu'r un gair ers misoedd ond roedd ganddo awydd gwneud y diwrnod hwnnw. Deffrodd a gwnaeth addewid y byddai'n sgrifennu brawddeg neu ddwy cyn iddo glwydo. Bu'n hel meddyliau drwy'r dydd wrth lifio'r coed a chan geisio cadw'i hun iddo'i hun. Roedd y swyddogion yn fwy diamynedd yn ddiweddar a buasai'r mymryn lleiaf o ddiogi'n rheswm digonol iddynt ymateb. Ond daliodd i feddwl serch hynny.

Cyd-ddigwyddiad llwyr oedd cyrraedd y cwt gyda'r nos a gweld Isak yno gyda darn o bapur a phensil, yn cynnig i Shimon gofnodi ychydig o hanes y gwersyll.

Roedd ganddo iaith dda, meddai Isak. Wyddai Shimon ddim cyn hynny ei fod yn rhannu barics gyda rhai a oedd yn ymdrechu dros fudiad y gwrthsafiad. Bu'n hwyrfrydig iawn i dderbyn, ond yn y pen draw fe wnaeth, ar yr amod na fuasai'n cael ei gysylltu'n swyddogol â'r mudiad. Cytunodd Isak i arwyddo pob darn o bapur, ac aeth Shimon ati i sgrifennu'i bwt cyntaf:

Mae pob dydd yn toddi i'w gilydd, hiraeth yn taro bob awr, pob munud wedi'i llenwi gan ofn, a phob eiliad, treuliwn bob eiliad yn dyfal obeithio.

Diwrnod yn Auschwitz I.

Ma nhw'n sbio'n flin arnon ni. Yn fwy blin nag arfar. A dwi'm yn licio gorfod sefyll yma eto. Hwn 'di'r trydydd tro heddiw inni gael ein galw yma! Ond ma Elsa'n deud fod gan y Golems syrpréis inni. Dwn i'm sut fath o syrpréis fydd hi. Ganddyn nhw.

Dwi'n edrach yn slei bach i'r ochr ac yn gweld dau – brawd a chwaer efo'r un gwynab – yn brysio aton ni. Ma gwyneba'r ddau 'run lliw ag eira slwj.

Ma'r brawd i weld yn hopian 'fyd. Ddyla fo'm gneud hynna. Ma 'nhraed inna'n brifo'n y sgidia yma – ac ma nhw'n rhy fach imi – ond 'dach chi'm i fod i ddangos hynna.

"Di bod hefo Angel Angau ma nhw,' ma Elsa'n sibrwd wrtha i. Dwi bron â gofyn iddi pwy 'di hwnnw ond fedra i'm achos ma 'na Golem efo llgada-robin-goch yn sefyll reit o 'mlaen i. Bathodyn 'i gap o'n wincio. Sgyl yn wincio. Pam ca'l bathodyn llun sgyl? Paid â sbio arno! Ma'n gwenu. Ydw i i fod i wenu hefyd? Ma'n symud at Elsa rŵan beth bynnag. Ma'n sbio'n hir ar 'i gwynab-doli hi.

Wedyn ma 'na Golem arall yn dŵad draw, un efo patryma gwahanol ar goler 'i siaced o. Fedra i'm gweld yn iawn be 'di'r patrwm. 'Wbath igam-ogam, dwi'n meddwl. A'r tu ôl iddo fo ma 'na ddau arall.

Ma nhw'n siarad yn hir efo'i gilydd. Ma'r rhaff sy'n hongian o'r llwyfan yn swingio chydig efo'r gwynt. Ma 'na gwlwm yn y rhaff.

Wedyn ma'r Golems yn gadal efo'i gilydd ar

frys. A 'dan ni'n ca'l ein hel yn ôl i'n cytiau. Am wast o amsar!

Ges i wbod heddiw mai'r rheswm gafon ni'n hel i'r cowt y diwrnod o'r blaen o'dd i weld dau o'dd 'di trio dengid yn ca'l eu cosbi. Clwad rhyw ddynas yn siarad efo Musus Peth'na 'nes i. O'dd y Golems newydd ffendio'r ddau, Mala o'dd enw'r ddynas – enw neis – newydd ei ffendio hi a'i chariad yn y Lle Arall a ddim yn siŵr be i neud efo nhw. O'ddan nhw 'di meddwl dod â'r ddau i fan'ma inni ga'l eu gweld nhw. Ond ddaru nhw ddim. Gafodd y ddau eu cadw'n y Lle Arall.

Erbyn hyn, ma Mala 'di marw. Iwsio clip 'i gwallt nath hi, medda'r ddynas wrth Musus Peth'na. Tynnu'r clip a crafu'i garddyrna. Dwn i'm be nath ddigwydd i'w chariad hi. 'Crogi fwy na thebyg,' medda'r ddynas ... Neu ga'l 'i hel i'r twll-to-simdda.

Dwi'm isio meddwl mwy am hynna rŵan.

✳

Rhyw su trymaidd oedd yn llenwi'r cwt y noson honno. Roedd rhai eisoes wedi syrthio i gysgu ac eraill yn mân siarad gyda'i gilydd.

Cododd Shimon ar ei eistedd a rhwbio pont ei drwyn wrth gau ei lygaid. Bu'r boen yn gwasgu yn ei ben drwy'r pnawn, a'r eiliad honno, teimlai fel petai ar fin tyllu drwy'i dalcen. Roedd yr oglau'n cyfrannu at y cur hefyd: ei ddrewdod o'i hun yn gymysg ag arogl chwys a thamprwydd y cwt. Ond er ei fod wedi hen arfer â hynny, teimlai'i hun yn cyfogi tu fewn heno. Gwasgodd ei lygaid yn dynnach cyn eu hagor unwaith eto.

Yna, sylwodd fod y su wedi gostegu.

Cododd ei ben, yn wamal, braidd, a chlywodd rywun yn gweiddi, 'Ci!'

Cododd y sŵn eto, su sioncach nag ychydig yn ôl.

Edrychodd Shimon ar y dyn ar y gwely gyferbyn a'i weld yntau wedi troi i gyfeiriad y drysau. Dilynodd Shimon lygaid y dyn a gweld ci du yn erbyn y pren. Rhythodd ar y ci a'i wylio yn araf droi'n siâp arall, yn anifail â dwy glust yn gwingo a thrwyn smwt ganddo.

Wilhelm oedd wrthi'n siapio'r cysgodion, sylwodd

Shimon. Roedd yna gannwyll wedi'i gosod ar hen grêt a Wilhelm wedi cymryd arno i gonsurio'r delweddau.

'Cwningan!' gwaeddodd tri gŵr ar draws ei gilydd. Chwarddodd un neu ddau wrth weld y cyffro plentynnaidd.

Toddodd y gwningen yn siâp arall, ac un arall, ac un arall, gan gymell mwy i ddatgan yr hyn oedd newydd ymffurfio o'u blaenau:

'Cranc!'

'Blodyn!'

'Cŵn yn cwffio!'

'Pry cop!'

Ac wrth i'r siâp nesaf ddyfod o'r düwch, mentrodd Shimon gynnig, ond roedd ei lais mor gryg fel na chlywodd braidd neb y 'Deryn'.

'Angel!' gwaeddodd un, a thawodd y cwt eto. Dim ond am ennyd fach. Ennyd o osteg wrth i'r angel simsanu o'u blaenau.

'Cysgod llaw ydi o, 'na'r oll,' torrodd llais garw o ganol y cwt, ond anwybyddodd Wilhelm y sylw, a ffurfiodd siâp arall.

❄

Roedd hi'n noson glir ac anarferol o dawel heno. Gorweddai Jakob ar ei wely anwastad gan edrych uwch ei ben. Roedd yna dwll bellach wedi ffurfio yng nghanol y to, a hwnnw'n ddigon o faint i Jakob allu gweld y nos a'r sêr yn wincio'n wan; y tro cyntaf iddo weld y sêr yn iawn ers wythnosau.

Ar un adeg, darllenai lyfrau lu am y gofod, y planedau a'r gwahanol gytserau. Bu'r diddordeb ganddo er pan oedd o'n ddim o beth, ac wrth iddo brifio, tyfodd y diddordeb yn ogystal, a threuliai oriau'n sefyll y tu allan yn darllen y nos; gyda'i dad yn gyntaf, wedyn gyda Rozia, ond doedd sefyllian yn yr oerfel yn edrych fel dau deithiwr ar goll ddim wrth fodd ei wraig. Ac wedyn gyda Michał, a'i ferch fach yntau. Sefyll yn syllu i'r düwch, a'r sêr yn gwmni, ac, ambell dro, yn gysur.

'Mae'n braf eu gweld nhw eto,' sibrydodd, fymryn yn uwch nag a fwriadodd.

'Ydi hi?' gofynnodd y gŵr wrth ei ochr. Nid atebodd Jakob, ac nid ymatebodd ychwaith pan fynnodd y gŵr mai 'golau'r gorffennol yn diffodd ydyn nhw.'

Yn hytrach, caeodd Jakob ei lygaid a throdd i orwedd ar ei ochr.

❄

Prin roedd y dydd wedi deffro ac roedd pawb wedi ymgynnull. Safent yno'n rhesi unionsyth, yn gynulleidfa barod i'r swyddog wyneb main a'i gyfeillion gynnal yr Appell. Roedd y bore'n brathu'r diwrnod hwnnw.

Anadlai Shimon yn araf ac yn dawel gan ofalu peidio ag edrych yn rhy hir ar yr un dim wrth i'r SS gerdded ar hyd y rhesi. Craffu. Cyfri. Oedi. Edrych ar ddillad. Cerdded. Craffu. Cyfri. Edrych ar wynebau.

A stopiodd yr wyneb main. Trodd a sefyll led asgell gwybedyn o wyneb Shimon. Rhythodd arno, cyffwrdd gwain ei wn a gwenu, cyn camu'n ôl a gadael i bawb ymrannu, ddwy awr yn ddiweddarach.

Wrth i Shimon gerdded at ei waith, sylwodd fod ambell un o'i gwmpas wedi cloffi. Cymerodd gip dros ei ysgwydd a gweld tri dyn yn dal i sefyll yn lle bu'r rhesi.

Roedd y briw bellach yn agen waedlyd ar gefn ei droed. Rhwbiodd gyda'i law a theimlo'r hylif yn ludiog ar ei fysedd. Byddai'n rhy boenus iddo gerdded at y cwt gyferbyn heb sôn am ei gwt ei hun. Felly ymsythodd gan deimlo'i gefn yn cwyno a mentro sgubo'r un llecyn eto.

Amser cinio. Cawl dyfrllyd a hanner tafell.

Edrychodd a gweld y tri dyn yn dal i sefyll yng nghanol yr iard. Roedd y tri bellach â'u dwylo'n estyn i'r awyr fel petaent yn trio cydio mewn rhaff a oedd hanner modfedd yn rhy bell o'u gafael. Roedd y swyddog wyneb main hefyd yn dal i fod yno'n sefyll yn syllu ar y tri.

'Wedi gwrthod gweithio ma nhw,' meddai Egor dan ei wynt.

Edrychodd Shimon arno.

'Dyna glywis i gynna. Oherwydd rhyw ŵyl ... Yom Kippur, dwi'n meddwl ddudodd Moishe.' Llyncodd Egor weddill y dŵr o'r ddysgl biwter. 'Pa un 'di honna?'

Sylwodd Shimon ar swyddog yn edrych i'w cyfeiriad, felly cododd ar ei draed a hel ei bethau.

'Dydd y Cymod,' sibrydodd.

Aeth Elsa i'r Tŷ Nodwydd heddiw. Do'dd hi'm wir isio mynd ond o'dd hi'n cwyno bod y peli pinc yn 'i cheg hi'n brifo'n waeth.

'Ma hi'n 'nafoda i gyd,' medda'r Golem-gwallt-lliw-cyflath wrth sbio arni bore 'ma.

Dydi hi dal heb ddod 'nôl.

✳

'Rhowch y gorau iddi rŵan a gwnewch ddwy res.'

Crychodd aeliau Shimon fymryn. Roedd y dydd ymhell o fod yn tynnu at ei derfyn.

'Dowch 'laen, y moch!'

Unwaith i'r ddwy res gael eu ffurfio, cawsant eu gyrru o'r gorlan waith, eu harwain at yr adeiladau ac i mewn i Floc 11. Ym mhen arall buarth y Bloc, roedd y tri Iddew Hasidaidd yn sefyll yn noeth wrth y wal, eu breichiau bellach wedi'u gollwng.

Roedd y ffenestri yn yr adeiladau o boptu'r Bloc yn llydan agored a phobl wedi'u gwthio atynt, i edrych ar y cowt. Crwydrodd llygaid Shimon at wyneb Egor am eiliad. Nid edrychodd hwnnw arno.

Hysiwyd y dynion i un pen a daeth y swyddog wyneb main i'r golwg. Caewyd y drysau ar ei ôl a llanwyd y Bloc gan sŵn ei gamau sicr. Stopiodd. Nodiodd i'r chwith ar swyddog arall a chythrodd yntau mewn dau ddyn, un o'r un criw gwaith â Shimon. Cafodd y ddau eu hel at y wal. Yna, trodd y swyddog at weddill y dynion. Camodd tuag atynt a chraffu arnynt, un ar y tro. Llygaid-dwyn-golau oedd ganddo, sylwodd Shimon. Yna'n gwbl ddirybudd, cythrodd y swyddog am fraich Egor a'i dywys i ganol y Bloc.

Rhoddodd y swyddog ei law am ysgwydd Egor am ennyd, fel tad yn rhoi cyngor i'w fab. Edrychodd ar wyneb Egor gan ddisgwyl y nòd i gadarnhau ei fod yn deall, cyn edrych i gyfeiriad y pump o flaen y mur.

'Pawb i wylio. Neb i droi pen na chau llygaid nac esgus gweddïo. Iawn?'

Atebodd neb. Edrychodd yr wyneb main o'i gwmpas â chysgod gwên yn ei lygaid cyn estyn ei wn a'i godi i gyfeiriad y mur. Ennyd dawel, yna, 'Egor?'

Yn y man, cododd Egor ei law a phwyntio at yr Iddew yn y canol. Bu ennyd cyn i'r swyddog ofyn, 'Ia?'

Teimlai ei frest yn hollol wag mwyaf sydyn er bod ei galon yn curo. 'Adin.'

'A-a-a! Be ddudis i?'

'Eins.' Roedd ei lais fel llais plentyn.

Clec.

Ei law'n amlwg yn crynu bellach.

'Ia?'

Ennyd simsan. Yr Iddew ar y pen. 'Z-z-zwei.'

Clec.

'Ia?!'

Pob cyhyr yn ei wyneb wedi cloi.

Y Tyst Jehofa. 'Drei.'

Clec, clec.

Chwarddodd y swyddog, 'I wneud yn siŵr, 'te!'

Chwydodd un o'r dynion ieuengaf wrth ymyl Shimon ac fe gafodd ei lusgo'n ddi-oed o'r Bloc.

Ffeiriodd y swyddog wyneb main ei wn am un llawn yr is-swyddog wrth ei ymyl, a throdd yn ei ôl at Egor.

'Ia?! Tyrd rŵan! Y dde 'ta'r chwith? ... E? Y cadi-ffan 'ta'r cythraul?' Roedd llygaid Egor wedi'u cau. 'Tyrd rŵan, 'ngwas i.'

'V-vier.'

Clec. Yn syth i ganol y Winkel pinc.

'Ho ho! Siot, 'te!'

Trodd y swyddog y gwn at yr olaf, a oedd wedi gwlychu'r llawr oddi tano. Doedd Egor ddim yn crynu bellach. Roedd ei law'n gwbl lonydd. Ei wyneb fel marmor.

'Egor?'

'Fünf.'

'Ti isio i hwn 'i chael hi hefyd?' cododd llais yr wyneb main mewn syndod gan wneud sioe o gyfeirio at y carcharor. 'Y peth bach 'ma hefyd? ... 'Sgen ti'm calon, dywed?'

Nid atebodd Egor. Nid edrychodd ar y swyddog.

'Wel, wir. Petha penstiff ydi'r Sofietiaid 'ma'n de?' Chwarddodd sawl un.

Trodd y swyddog at yr olaf: 'Wel, mae *o* wedi penderfynu, mae arna i ofn,' a thynnodd wyneb siomedig cyn gwasgu. Clec.

Rhythodd Egor ar y mur â'r llinellau cochion yn batrymau erchyll ar ei hyd. Rhythodd Shimon ar Egor, oedd wedi newid o fod yn ddyn i fod yn blentyn, i fod yn graig mewn ychydig funudau.

Curodd y swyddog gefn Egor cyn troi am y drysau, ac atseiniodd ei gamre trymion trwy'r Bloc unwaith eto.

❄

'Y Faner Fry!'

Roedd corff Jakob yn teimlo'n drwm a'i draed yn dechrau llusgo, ond doedd wiw iddo arafu. Roedd gan y daith yn ôl i'r gwersyll rythm pendant. Côr o wadnau'n curo'r llawr; pob cam yn llosgi'i draed.

'Y Faner Fry!' gorchmynnodd y swyddog eto a dechreuodd yr orymdaith ganu. Agorodd Jakob ei geg a dechrau siapio'r geiriau. Daeth y swyddog yn nes ato a'i guro gyda'r pastwn. Drachefn, a thrachefn, nes i'r llais-cwpan-frau dorri.

'Die Fahne hoch! Die Reihen fest geschlossen! ...'

✳

Dwi'm yn licio gweithio'n fan'ma. 'Sa'n well gen i fod 'nôl yn y 'Cwt Creiriau', fel o'dd un Golem yn 'i alw fo. O'n i'n licio ca'l sbio drwy sgidia a chesys a bocsys a ffendio petha 'di cuddiad. Modrwya o'dd lot ohonyn nhw; 'di ca'l eu cuddiad mewn bocsys. A pres 'fyd; 'di ca'l eu gwnïo tu fewn i sgidia. Ac o'n i'n ca'l ista. Dwi'm yn ca'l fan'ma. Ma hi fath â bod 'nôl yn y cwt ar y trên heblaw bod fan'ma ddim yn drewi cymaint, a bod 'na lai o bobl 'di stwffio 'ma. 'Swn i'n medru gneud y gwaith 'run fath wrth ista ar stôl wrth y sinc, ond na. Ond ma 'na un peth da am weithio 'ma – dwi'n ca'l mynd â chydig o grwyn tatws yn ôl yn slei bach efo fi i'r cwt. Ac erbyn imi gyrradd, mi fyddan nhw 'di dechra caledu. Dydyn nhw'm yn blasu'n neis iawn ond o leia ma nhw'n cadw 'mol i'n ddistaw.

Fydda i'n rhoi chydig i Elsa hefyd, ond dydi hi

byth yn byta nhw. 'Di'm yn byta bron ddim 'di mynd. Ma hi'n mynd at ryw Ddoctor Mengele bob dydd, ond ma'i gwynab hi'n dal i fod yn beli pinc i gyd, ac ma'i llgada hi fath â soseri-te-Nain efo cracia. Ond mi wellith. Dwi'n siŵr.

✳

Roedd y cwt yn dawel y noson honno. Bu'n ddiwrnod hir iawn, a'r swyddogion yn fwy didrugaredd nag arfer. Roedd y rhan fwyaf wedi hen fynd i gysgu ond roedd Shimon yn dal i fod ar ddihun, ei feddwl yn dal i droi; byth ers i Isak awgrymu fod rhywbeth ar droed.

Cododd ei ben a gweld wyneb cleisiog Egor oedd yn gorwedd gyferbyn. Nid oedd wedi torri'r un gair ers Yom Kippur. Nid oedd fawr neb wedi mentro sgwrs gydag o chwaith, ar wahân i Shimon, ond y cyfan a gâi o dro i dro fyddai ambell nòd fel ateb. Roedd ei wyneb wedi pantio erbyn hyn a'i lygaid wedi suddo i'w ben. Prin roedd yn anadlu.

Estynnodd Shimon am ei bapur a phensil a dechrau sgrifennu:

Pobl. Bod dynol yw pob carcharor yma. Pobl o gig a gwaed a theimlad.

Pypedwyr yw'r swyddogion, yn chwarae gyda'r bobl. Pypedwyr yn gwneud pechaduriaid o'r carcharorion. Pypedwyr yn troi pobl yn erbyn ei gilydd.

✳

'Plis, Dad! ... Plis!'

Trawyd Jakob gan lais Michał o ryw ddoe-bell-yn-ôl wrth iddo gerdded drwy'r gatiau gyda'r criw gwaith.

'Plis, Dad. Dwi'n addo 'na i watsiad ar 'i ôl o.'

'O, nei di, wir? 'Nunion fel 'nest ti efo dy 'sgodyn, ia?'

'O, fydd hyn yn wahanol.'

Gweld y Kapo'n cerdded hyd yn oed yn fwy talog y pnawn hwnnw a sbardunodd yr atgof. Roedd y llanc wedi cael y fraint o warchod Aldo am weddill y dydd, ac roedd yna fodlonrwydd bachgennaidd yn amlwg yn ei lygaid, sylwodd Jakob – rhyw olwg debyg i Michał y bore hwnnw pan wireddwyd ei ddymuniad.

'Czarny', dyna oedd yr enw a roddwyd ar y cyfaill newydd.

'Pam ei alw fo'n hynna ac yntau'n goch?' gofynnodd Rozia.

'Pam lai?' oedd ateb Michał, ac aeth ei rieni ddim i

ddadlau ag o nac i ymholi ymhellach. A buan y tyfodd y ci'n driw i'w enw wrth iddo fynnu chwarae yng nghanol mwd neu lo, neu, fel un tro, yng nghanol pwll o baent du, a'i gwneud hi bron yn amhosib ei droi'n goch eto.

Daeth cysgod gwên i wyneb Jakob wrth gofio hynny: Michał a'i gyfaill yn dynn wrth ei sawdl.

✳

Ma 'na lwythi mwy 'di cyrradd heddiw.

'Ac ma 'na lai o fwyd i fwy o gegau!' medda'r ddynas-gôt-wair. Ma hi'n gweithio efo'r Golems ond tydi hi'm yn Golem iawn chwaith. 'Sgenni hi'm yr un llgada â nhw.

'Nes i weld trên yn cyrradd bore 'ma, pan o'n i ar y ffordd i'r gegin. Ac mi glywish i un Golem yn deud wrth un arall, o'dd yn cymryd enwa'r bobl, 'i bod hi'n ail o Hydref heddiw. Do'n i'm yn gwbod fod 'na dri mis 'di mynd heibio ers 'mod i 'di troi'n ddeg oed.

✳

Byddai'r cledrau'n brysur bob dydd yn ddiweddar, hyd yn oed ar y Sul. Deuai nifer i gael eu didoli, eu dethol a'u difa.

Ond byddai rhai'n cael eu harbed, a rhai o'r rheiny'n dal eu tir:

'Dwi'm yn blydi Iddew! Dwi'n Gristion ers blynyddoedd,' mynnodd un, wrth fyseddu'r defnydd melyn.

'Be ti'n neud?' gofynnodd un arall, wrth weld y llanc yn ceisio rhwygo'r seren oddi ar ei frest.

'Dwi ddim yn blydi –'

Stopiodd ar ganol ei gŵyn wrth i'r fwled ei daro. Trodd y dyn arall a gweld swyddog yn rhoi'i bistol i gadw. Trodd yn ei ôl, a gweld y gwaed yn golchi'r groes ar dalcen y llanc.

'Fedar bedydd ddim sythu trwynau,' meddai'r swyddog, wrth gamu heibio i'r corff a phoeri ar ei wyneb.

Plygodd Jakob ei ben a sgubo'r llawr drachefn. Llanc arall wedi'i ladd ac yntau wedi'i arbed.

Shema Yisrael ... Adonai ... Eloheinu ...?

Pili-pala. Dyna oedd enw Nain arna i. 'Tyrd yma'r Pili-pala,' 'sa hi'n ddeud. Dwn i'm pam, jyst dyna o'dd hi'n 'y ngalw fi. Dwi'n licio'r enw. Ma 'na 'wbath neis, 'wbath ysgafn am 'renw. Pi, li, pa, la. Enw twt.

A twt o'dd y pili-pala welish i pnawn 'ma. Dwi'm 'di gweld un yma o'r blaen. Ond fanno o'dd o, wedi stwffio'i hun i gornal ffrâm y ffenast. A fanno fuodd o drwy'r pnawn tra o'n i'n gweithio. Jyst yn ista. Yn cysgu. 'Yn swatio'n braf', fel 'sa Nain yn ddeud pan 'swn i'n ista efo'i braich hi 'di'i lapio amdana i. Wedyn, pan o'n i jyst â gorffan 'y ngwaith, mi ddeffrodd y pili-pala ac agor 'i adenydd o. 'Denydd gwyn, gwyn â sbotiau bach du hyd-ddyn nhw. A dyma fo'n ysgwyd 'i adenydd a fflio i lawr ar sìl y ffenast. O'n i'n medru gweld wedyn fod 'na liw arall ar 'i gefn o. Rhyw biws tywyll. Llinell igam-ogam dywyll i lawr ei gefn. A dyma fo'n cer'ad dipyn bach, yn ofalus, fel 'sa fo'n cer'ad ar hyd ryw lwybr sbesial a do'dd fiw iddo sathru ar ran do'dd o'm i fod. Ac mi stopiodd wedyn, 'tha bod o 'di ca'l 'i rewi, ac aros fel'na. 'Lly 'nes i droi i edrach ar Elsa a codi llaw arni i ddŵad at y ffenast. Nath hi'm sylwi arna i, 'lly o'dd raid imi fynd i'w nôl hi. Ond erbyn inni fynd at y ffenast eto, ro'dd o 'di mynd, ac o'dd Elsa'n flin efo fi.

Ar ôl gorffan gweithio, a tra o'ddan ni'n sefyll yng nghanol yr iard i atab ein henwa, mi 'nes i sbio amdano fo, ond do' 'na'm golwg ohono 'nunlla. Dwi 'di gofyn i rei o'r lleill yma o'ddan nhw 'di gweld y pili-pala heddiw, a do'dd 'na neb. Ella fod o 'di mynd i guddiad rŵan. Fel 'swn i'n neud efo Nain. 'Barod neu beidio, dwi'n dŵad ar d'ôl di'r Pili-pala.'

A do'dd Nain byth yn medru ffendio fi.

Neu ma 'di mynd i swatio'n gynnas yn rwla. Ma hi 'di oeri heno. Ia, 'di mynd i swatio'n gynnas braf yn rwla mae o.

Clywed un o'r gwragedd yn hymian dan ei gwynt wrth iddi fynd heibio a ddechreuodd y cyfan. Prin roedd y wraig yn hymian mewn gwirionedd, ond trawodd y llinyn o alaw dant yn Shimon, a bu'n chwarae yn ei ben yn ddi-dor drwy'r dydd. Er, fedrai yn ei fyw â chofio pa gân oedd hi.

Fodd bynnag, rhywbryd rhwng yr Appell a'r cludo, fe wawriodd arno. Doedd ganddo dal ddim syniad beth oedd enw'r gân, na hyd yn oed y geiriau, na phwy a'i canodd, ond cofiodd yn union ymhle y clywodd yr alaw gyntaf.

Eistedd mewn caffi llwydaidd ar gyrion y dref gyda Motl yr oedd Shimon. Y ddau wedi bod yn crwydro'n ddigyfeiriad ac wedi digwydd taro i mewn i'r lle. Fe'i cofiai'n iawn: seti wedi breuo a blas echdoe ar y baned; ac yn y gornel, wrth ymyl y cownter, piano tywyll a'i nodau wedi melynu. Roedd yna ddynes welw â gwrid anarferol yn ei gruddiau yn eistedd wrth y drws hefyd, yn magu gwydryn gwag. A rhwng pyliau o sgwrsio gyda Motl, byddai llygaid Shimon yn crwydro i gyfeiriad y ddynes.

Yn y man, cododd hi ar ei thraed a chamu at y piano. Chymerodd fawr neb sylw ohoni nes iddi bwyso nodyn. Canodd hwnnw'n gras. Fe'i pwysodd eto, a chanodd yn well yr eildro. Yna, pwysodd nodyn arall, ac un arall, ac yna, cord cyfan. Eisteddodd ar y stôl a chaeodd ei llygaid yn y man cyn dechrau chwarae, a chanu. Crwydrodd ei bysedd rhychiog ar hyd y nodau gan gymell sain a gyfatebai i'w llais; llais bregus o brydferth, fel eos yn crygu.

Honno oedd yr alaw. Ac o gofio'r fan a'r lle, llifodd y gân yn gyfan i'w gof, a threuliodd Shimon weddill y gyda'r nos â'i lygaid ynghau, yn ail-fyw'r pnawn hwnnw gyda Motl, a'r eos lygatddu, a'r ias yn cropian ar hyd ei groen.

❋

Ma 'na dwrw ofnadwy tu allan heddiw. Twrw tranu. Ma nhw 'di deud bod rhaid i ni aros yn y gegin nes bydd petha 'di distewi eto. Ma hi'n union 'run fath â'r dwrnod ddaethon nhw acw i nôl Mam a fi. O'ddan ni 'di mynd i guddiad dan y llawr. Cogio chwara cuddiad efo Nain. Do'n i'm yn ca'l deud gair, rhag ofn. Fuo ni yno am oesoedd. Dyna pryd o'dd Dad 'di mynd i chwilio am help, medda Mam. O'dd o 'di rhedag syth heibio'r bobl ddrwg ac wedi mynd am y môr. Dyna ddudodd Mam. Wedyn nath hi ddeutha fi i beidio gneud 'run smic, 'run fath â'r ddynas-Golem yma, 'blaw bod hi 'di deutha ni i 'gau eich cegau!'

Ges i gip sydyn drwy'r ffenast o'r blaen, ac mi welish i ... welish i Golems yn brifo genod. Wedyn rhai o'r dynion yn, yn cwffio'n ôl. 'Di dwyn gynnau oddi ar y Golems. A saethu. Bwledi'n mynd i bob man. Hitio pawb. Fath â cenllysg. Ma 'na hogan

yn crio wrth f'ymyl i rŵan ond dydi'r ddynas-
Golem ddim 'di rhoi row iddi. Ma hi'n rhy brysur
yn sbio drwy'r ffenast. Dwi'n siŵr fod 'i gwefusa
hi'n crynu 'fyd.

✳

Daeth y dydd. Cododd y Sonderkommando yn
Birkenau a brwydro yn erbyn y pypedwyr. Maen
nhw'n poeni yma, yn amlwg; ofni i'r gwrthryfel
ledaenu fel tân eithin i wersylloedd eraill. Ond
mae'n amheus a fydd gwrthryfel tebyg yn digwydd
yma. Mae sawl un fel petaent wedi derbyn y ffawd
a orfodwyd arnom. Yn ddiweddar, dywedodd dyn
yn ei ugeiniau cynnar wrthyf – myfyriwr
meddygaeth ydoedd cyn ei gipio – dywedodd,
'Cawsom ein geni i farw.'

Stwffiodd Shimon y papur i'w esgid wrth i'r drysau gael
eu taflu'n agored.

'Codwch o'ch gwlâu, y diawliaid!' Roedd llais y
swyddog fel tant ar dorri.

✳

Gwelodd ferched yn mentro ar ran y carcharorion, ar ei ran o. Gwelodd ddynion yn brwydro, yn cynnau'r tân, ar ei ran o. Gwelodd blant yn codi cerrig ac yn taflu pridd, cyn cael eu saethu, ar ei ran o.

Sgerbwd du oedd Amlosgfa IV erbyn hyn ac roedd Amlosgfa II wedi'i diberfeddu. Lladdwyd tri swyddog. Dihangodd nifer o'r Sonderkommando ac eraill, ond fe'u daliwyd yn fuan a'u cosbi. Bu farw dros 400 y diwrnod hwnnw.

Safai Jakob yng nghanol y gwersyll fel petai mewn swigen. Gwelai oferedd y gwrthryfel o'i gwmpas. Olion lle bu cyrff. Gronynnau o ludw'n gymysg â'r gro. Gallai ddal i glywed y lleisiau'n codi wrth i'r tân gydio, ac yna'n diffodd fesul fflam. Ac er i'r swyddog sefyll o'i flaen a phoeri rhegfeydd yn ei wyneb, ni allai Jakob symud o'i swigen.

Shema Yisrael ... Gwrando, O, Israel ... yr Arglwydd ein Duw yw'r unig Arglwydd ... Shema Yisrael ... Shema Adonai? A glywi di? A wrandewi di, Adonai?

O'dd hi'r un fath â'r tro 'na syrthish i o flaen siop groser Grünberg. O'dd fy mhen-glin i fath â ceg goch a cerrig mân, mân 'di sticio ynddi. O'dd o'n llosgi'n ofnadwy, 'nenwedig wrth imi drio codi. Dyna'r teimlad o'dd gen i pan ffendish i Elsa pnawn 'ma, heblaw 'mod i ddim 'di crio heddiw.

O'dd hi 'di bod i'r Tŷ Nodwydd eto achos bod 'i gwallt hi 'di bod yn syrthio o'i phen dros nos.

O'n i'n cerddad o'r gegin ar gyfer y gofrestr ac mi welish i hi, 'di syrthio'n erbyn drws y cwt a dim un blewyn ar 'i phen. Es i'n syth ati a nath hi'm codi. 'Nes i siarad efo hi, nath hi'm atab. 'Nes i dwtsiad yn 'i gwynab hi, nath hi'm agor 'i llgada.

Ac o'n i'n ôl o flaen y siop eto. Heblaw'r tro 'ma, do'dd 'na'm gwaed a do'dd Mam ddim efo fi. A do'n i'm yn gallu crio. O'n i isio. Wir isio. Ond o'n i'm yn medru. Do'dd gen i'm dagra. Tan chydig 'nôl wrth imi wrando ar Musus Peth'na'n hymian.

Cyhoeddwyd yn ystod yr Appell y byddai newid i drefn gwaith y gwersyll yn dilyn penderfyniad y Führer. Byddai terfyn ar ladd drwy wenwyn, byddai'n rhaid dymchwel rhai o'r adeiladau a'r amlosgfeydd, a byddai'n rhaid claddu'r meirwon mewn pyllau.

Y si a glywodd Jakob yn ystod y dydd oedd bod y Fyddin Goch yn nesáu.

Si yn unig oedd honno.

Teimlad trwsgl oedd troedio'r gwersyll hwn eto. Bu'n fisoedd ers iddo gyrraedd Birkenau a gadael gyda chydymaith. Bellach, roedd o'n un o ugain a ddaeth draw o Auschwitz i gynorthwyo gyda'r gwaith. Roedd cynlluniau wedi'u cyflwyno a'r rheiny angen eu cyflawni ar fyrder. Edrychodd i gyfeiriad yr adeilad hir gyda'r cledrau'n rhedeg yn gynffon gennog drwyddo. Gallai ddal i gofio gwichian yr olwynion, grŵn y bobl wedi'u gwasgu'n dynn, a llais tad y bachgen. Shimon oedd yr unig un o'r ugain a fu yno o'r blaen.

'Achtung!'

frei

Ionawr 1945 –

Doli glwt ar drol. Doli fach a lenwai unrhyw fan gyda'i chwerthin a'i chân. Doli fregus a fentrai, a ddringai i ben coed a hongian gerfydd ei choesau. Doli wen â llygaid ei nain. Doli dawel a'i sgwrs yn ddi-baid. Doli styfnig a fyddai wrth ei bodd yn cael maldod gan ei thaid.

Claddwyd Rozia drachefn y bore hwnnw wrth i'r ddoli hon gael ei thaflu o'r drol, yn un o nifer.

Wrth sylwi arni, rhwygodd Jakob y seren oddi ar ei frest a'i gollwng o'i afael. Trodd un o'r swyddogion ato.

Ma hi'n od iawn yma rŵan. 'Dan ni'n dal yn gorfod 'codi cyn y ceiliog', fel ma Musus Peth'na'n ddeud. 'Dan ni'n dal yn gorfod sefyll am yn hir yn disgwl i'r Golems sbio arnon ni a galw enwa. A 'dan ni'n dal yn gorfod gweithio drwy'r dydd a fiw inni ddiogi. Ond does 'na'm cymaint i weld yma rŵan. 'Stalwm, mi fasa 'na dwn-i'm-faint o drena'n cyrradd bob dydd a gwyneba newydd yn cymryd lle'r hen rei. Ond rŵan ma hi fath â bwced o ddŵr efo tylla ynddi. Ond un peth da am hynny, ma bloda'n tyfu wrth i bwced ollwng.

A fan'ma, ma'r awyr 'di gwynnu eto. 'Sna'm

mwg yn codi fel bwganod dim mwy. A neithiwr, wrth i'r haul fynd o'r golwg, mi o'dd 'na fymryn o goch 'di'i beintio ar hyd yr awyr. A hwnnw'r un patrwm â'r gwin ar y lliain bwrdd adra, pan ddaru Dad ollwng 'i wydryn wrth adrodd Kiddush. O'dd Mam 'di cogio gwylltio a Dad 'di tynnu gwynab gwirion. 'Nes inna chwerthin. A 'nes i wenu neithiwr wrth weld yr awyr 'di cochi. 'Sa Elsa 'di licio gweld yr awyr neithiwr. 'Sa Mam hefyd.

❄

Baglodd Shimon ond llwyddodd i adfer ei gydbwysedd. Roedd ei goesau fel petaent wedi'u llyffetheirio gan yr eira, â gwaelod ei drowsus wedi gwlychu. Ni allai ddeall sut roedd y swyddogion yn disgwyl iddynt ddal i weithio yn y goedwig a'r fath dywydd yn eu herbyn. Oedodd am eiliad i gael ei wynt ato. Fe daerai iddo glywed sŵn aderyn yn sibrwd, ond ni allai ddweud ymhle. Roedd yr eira fel petai'n deffro'i synhwyrau ac yn ei dwyllo'r un pryd.

❄

Gafon nhw hyd i'r bobl o'dd ar fai am y miri fuo 'ma chydig yn ôl. Merched o'ddan nhw, meddan nhw. 'Di smyglo rhyw bowdwr ddaru neud i'r tân fflamio. Dwn i'm be o'dd 'u henwa nhw. Dwi'n meddwl 'nes i glwad mai Roza o'dd enw un. Dwi'n cofio hynna achos bod o'n swnio'n debyg i enw nain Elsa. Ond dwn i'm yn iawn be ddigwyddodd iddyn nhw. Ofynnish i i Musus Peth'na ond nath hi'm atab fi. Dydi hi'm 'di bod yn hi'i hun ers dipyn. Ma hi'n deud mai'r chwain sy'n cosi'n ofnadwy. Ond dydi'm yn crafu a dydi'm yn cwyno. Mi 'na i drio dwyn mwy o grwyn tatws heno, ac unrhyw beth arall fedra i ffendio. Ella fydd hi'n teimlo'n well wedyn.

Dymchwel yr adeiladau, dyna orchmynnwyd iddynt ei wneud. Roedd rhai eisoes yn brysur yn dileu'r olion tu fewn i'r amlosgfeydd; eraill yn llosgi papurau, cofnodion y sawl a fu'n trigo yno. Rhaid oedd gwneud hyn oll ar frys. Ond eto, sylwodd Shimon, daliai'r swyddogion i fanteisio arnynt i gael mymryn o hwyl.

Daeth y pypedwyr â chriw o hanner dwsin i gorlan

a gosod her iddynt: buasai'r unig un a fyddai'n dal ar ei draed ymhen deng munud yn ennill tafell o fara a darn o gig. A dyna lle'r oedd y chwech yn curo, yn brathu ac yn dyrnu'i gilydd i gyfeiliant llon y swyddogion. Llwyddodd un i aros ar ei draed a lliw ei groen yn cyferbynnu'n ffyrnig â'r dafnau coch ar hyd ei wyneb. Yna, llowciodd ei wobr, cyn gorfod palu twll ar gyfer chwech.

Ddaru Musus Peth'na ddim codi o'r gwely bore 'ma. 'Nes i afa'l yn ei llaw hi a trio'i thynnu, ond ro'dd 'i bysidd hi fath â cerrig. Wedyn dyma fi'n mynd allan ar gyfer y gofrestr ac roedd y Golems hefyd yn wahanol. O'ddan nhw i gyd yn edrach 'run fath â'i gilydd, ond bod golwg wahanol ar eu gwyneba. A'r cyfan nathon nhw o'dd deud bod ni'n ca'l gadal. Mi redish i i'r cwt yn syth wedyn i nôl 'y nghap ac i nôl Musus Peth'na. Ond ro'dd hi 'di mynd yn barod.

Rhwbiodd ei ddwylo wrth i'r gwynt grafu'i ruddiau. Doedd dim oedi i fod. Taith i ddianc oedd hon, fe wyddai Shimon yn iawn, waeth beth ddywedai'r pypedwyr. Taith i ddianc a byddai unrhyw un a beryglai hynny'n cael ei hepgor.

Dechreuasant gydgerdded, yn yr un modd ag y buasent yn mynd at eu gwaith. Roedd mydr pendant i'r camau a châi unrhyw un na chadwai at y curiad ei adael gyda'r cannoedd oedd ar ôl yn y gwersyll.

Nid edrychodd Shimon y tu ôl iddo, ond gwyddai eu bod yn gorymdeithio i gyfeiliant clecian gynnau.

❄

Gobeithio fydd 'na'm rhaid inni gerddad am yn hir. Ma'n anodd trio dal i fyny efo pawb. Ma ganddyn nhw goesa hirach na fi! Ond fiw imi slofi. Dyna nath yr hogyn o'dd wrth fy ymyl i bron yn syth ar ôl inni gerddad heibio'r weiran bigog. Mi slofodd ac mi gafodd 'i guro.

❄

Wyneb crwn wedi teneuo a llygaid culion bellach wedi cymylu.

Cloffodd. Teimlodd Shimon ei stumog yn corddi wrth weld y corff ar ochr y ffordd.

'T'laen!' Pwniwyd ei gefn a'i orfodi i symud.

Ufuddhaodd. Gwasgodd ei ddannedd yn dynn a chyflymu ei gamau wrth deimlo curiad y gwaed fel gordd yn ei glustiau, a gadawodd y bachgen bach.

❄

Ma'r eira fan'ma'n wahanol. Ma'n sibrwd wrth imi sathru arno ac ma 'na ryw liw od iddo; gwyn, ond gwahanol. Ond mae o'n oer 'run fath, ac yn gneud i 'nwylo i edrach fel rhei dyn eira. Wel, hogan eira.

❄

'Brysiwch! Brysiwch, y diawliaid! Dowch 'laen!'

Clywai Shimon sawl un o'i gwmpas yn tuchan. Bu'r dyddiau diwethaf yn anodd drybeilig, ac unrhyw wrid a oedd yn eu hwynebau wedi diflannu gyda'r eira'n chwipio'n eu herbyn, a diffyg bwyd.

'Cod ar dy draed, y bastad!'

Llais main hen ŵr yn gofyn am – clec.

Cyflymodd y criw ryw fymryn. Brysiodd y sawl y gorchmynnwyd iddynt lusgo'r corff at ochr y ffordd a'i gladdu gyda'r eira.

Roedd Shimon wedi dechrau poeni hyd yn oed yn fwy ar y daith nag a wnaeth yn y gwersylloedd; o leiaf

roedd yna uwch-swyddogion i oruchwylio'r pypedwyr
yno. Nid felly ar y daith. Ac yn amlwg, nid oedd y
pypedwyr yn eu hiawn bwyll bellach: roeddent wedi
gadael llwybr o gyrff ar eu hôl. Doedd waeth am yr eira,
meddyliodd Shimon, buasai'r beddi'n dadmer gyda
hyn.

❄

Fi 'di'r unig blentyn yma. Y fenga unwaith eto. Ma
'na fwy yn rwla. Tu ôl inni neu o'n blaenau ni.
Ddim fi 'di'r unig un ar ôl.

Ma nhw'n gweiddi arnon ni eto. Bob un
ohonyn nhw yn cymryd eu tro i weiddi. Dwi'm yn
licio hynna. 'Sna neb arall yma chwaith, dwi'm yn
meddwl. Ond fiw 'mi grio. 'Fiw crio ... fiw dangos
gwendid' ... fel ddudodd Mam ...

Ma'r dyn o 'mlaen i'n edrach yn eitha hapus.
Na, dim hapus chwaith. Ond ma 'na ryw liw yn 'i
wynab o 'sgen neb arall yma ... Dydi o'm yn
Golem, nac'di?

❄

'Gynt! Smydwch eich traed!'

Brathodd Shimon ei dafod. Roedd yr eira'n fwy
trwchus yn y goedwig a diffyg egni a chwsg yn hualau

am draed pob un. Roedd hyd yn oed rai o'r pypedwyr wedi arafu. Ond dal i gael eu gyrru yr oeddent, wrth i bigau'r gynnau brocio cefn pob un yn ei dro.

'Günther,' meddai un swyddog a'i llais yn gryg.

Edrychodd hwnnw ar ei gydweithiwr ac, yn y man, ildiodd i'w chais.

❈

'Gwallt brown gola, llgada gwyrdd, trwyn fath â botwm a sbotiau bach ar 'i bochau hi. Musus Peth'na o'n i'n galw hi.' (O'n i'm yn cofio be o'dd 'i henw iawn a do'n i'm yn licio gofyn. Ond doedd 'na'm ots, achos Musus Peth'na o'dd hi i fi a 'cyw' o'n i iddi hi.)

Mae o'n nodio. Dim Golem ydi o. Dwn i'm pam feddylish i hynna. Ma'i ddwylo fo'n rhy gynnas i fod yn rhai Golem.

"Dach chi'n nabod hi?"

Mae o'n ysgwyd 'i ben eto.

'Ella 'sach chi'n gweld hi, 'sach chi'n nabod hi.'

Dydi o'n deud dim rŵan. Dim ond sbio arna i. Ydi o'n dallt be dwi'n ddeud?

❈

Roedd yna res o wynebau'n sefyll wrth y weiren bigog yn edrych ar yr haid yn croesi'r porth i'r gwersyll. Gwasgodd y plant yn nes at ei gilydd. Meddyliodd un am redeg i'r amlosgfa agosaf a chuddio yno. Ystyriodd un arall guddio yn y Tŷ Nodwydd, yng nghanol y cyrff. A chysidrodd un arall gymryd y goes a rhedeg. Ond fe wyddai na fyddai gobaith mynd heibio'r mur o gewri.

Daeth dyn at y plant a dweud rhywbeth mewn llais tawel cyn estyn ei gamera. Fflach. Trodd i gyfeiriad y plant eraill. Fflach. Fflach. Fflach.

Crwydrodd y dynion drwy'r gwersyll a gweld pobl yn gorwedd ym mhob man. Roedd yn amlwg fod llygod wedi bod yn bwydo ar ambell gorff, a bod cynrhon yn berwi yng nghymalau cyrff eraill.

Safodd un o'r milwyr wrth gorff gŵr a fu farw ers diwrnodau gan ryfeddu; doedd dim un llygoden nac aderyn wedi'i gyffwrdd, er bod ei gorff wedi'i fwydo mewn gwaed. Edrychodd arno am sbel cyn cyrcydu a chraffu'n fanylach ar ei wyneb a oedd yn rhythu i'r nefoedd. Bwled i'r galon, casglodd y milwr. Cododd ar ei draed, ac wrth wneud, sylwodd ar ddarn o ddefnydd melyn wedi'i wasgu'n dynn yn llaw'r hen ŵr.

❄

'Di o'm yn deud lot ond ma'n glên. 'Deud y gwir, ma 'na 'wbath fath ag Adam a Thomash yn'o fo. 'Blaw fod o'n deneuach nag Adam ac yn dalach na Thomash, ac yn hynach na'r ddau.

❄

Roedd y ferch yn rhyfeddol, meddyliodd Shimon. Roedd hi'n amlwg wedi'i heffeithio gan yr hyn a brofodd yn ddiweddar, ei chroen wedi llwydo a mân rychau ar ei hwyneb, ond roedd rhyw liw yn ei llygaid o hyd. Er hynny, roedd ei chamau'n amlwg yn trymhau, gymaint felly nes y daliodd Shimon ambell bypedwr yn craffu ar y ferch o'i chorun i'w sawdl.

Dyna pryd y penderfynodd ei fod am dorri'r llinynnau.

❄

'Dan ni bron â chyrradd? ... 'Sgwn i i lle 'dan ni'n mynd? ... Chawn ni'm gwbod. Nath 'na rywun ofyn i'r Golem tew ddoe, a difaru'n syth ...

Ma 'na 'wbath yn debyg rhwng hyn a phan fydda Nain yn clymu sgarff rownd fy llygid i, a finna'n gorfod gwrando arni'n deutha fi pa ffor' i fynd. Gêm-Shabbat-Nain o'dd hi. 'Sa Nain yn rhoi'r challah rhwla un ochr i'r gegin, 'swn i'n goro bod yn y pen arall, a 'swn i'n goro gwrando arni hi'n deutha fi pa ffor' i fynd i ffendio'r bara ar gyfar swpar. Yn yr un lle'n union 'sa hi'n rhoi'r challah bob tro, ac o'n i'n gwbod yn iawn, ond 'nes i'm deud wrth Nain. Dydi pili-palas ddim yn cofio'n dda!

Rhwbath tebyg i Gêm-Shabbat-Nain ydi hyn, 'blaw 'sgin i'm syniad be 'dan ni fod i ffendio ar ôl inni fynd y ffor' ma'r Golems yn deutha ni i fynd.

❄

Roedd yr oerfel yn pwyso ar ei frest wrth iddo redeg ond doedd wiw arafu. Buont wrthi ers sbel, yn rhedeg nerth eu traed er gwaetha'r tywydd. Ond roedd y ferch yn dechrau fflagio, sylwodd Shimon, felly penderfynodd gymryd hoe fach.

Ddywedodd hi'r un gair am yn hir, dim ond anadlu'n drwm a theimlo'i gwddw'n llosgi.

Teimlai Shimon binnau mân yn pigo'i goesau a'i fysedd. Rhwbiodd ei ddwylo ond doedd hynny'n gwneud dim gwahaniaeth. Roedd ei fysedd wedi dechrau cyffio. Penderfynodd eu hymestyn nhw o'i flaen a'u crebachu am yn ail, i weld a wnâi hynny les. O dipyn i beth, dechreuodd y pinnau mân gilio.

'Blodau,' meddai'r ferch ymhen sbel.

Edrychodd Shimon arni ond ni chododd ei phen. Daliodd hi i edrych ar y blodau yng nghysgod ei fysedd. Oedodd Shimon am ennyd cyn symud ei fysedd eto, ond mewn ffordd wahanol, a gwenodd y ferch yn wan: 'Sbeidar tew.'

Newidiodd ei ddwylo eto, a chwarddodd y fechan, fymryn yn chwithig, efallai.

'Pili-pala.'

Fyddan ni'm yn hir eto, medda fo. Dal i ger'ad am dipyn eto – yn ddigon pell oddi wrth y Golems – ac mi fyddan ni'n 'tsiampion' wedyn. Dyna ddudodd o.

Cŵn yn cyfarth a dynion yn rhegi. Trawodd y sŵn ar Shimon a baglodd i ganol yr eira. Daeth y ferch ato i'w helpu ond stryffaglodd yntau ar ei draed yn wyllt.

Cŵn yn sgyrnygu. Dynion yn damnio. Roedd y sŵn i'w glywed yn glir, ond ni allai Shimon yn ei fyw â dweud ym mha gyfeiriad yr oedd y twrw. Edrychodd o'i gwmpas gan droi yn ei unfan. Cyflymodd ei anadl. Roedd y ferch yn edrych arno, ei llygaid wedi gwlitho. Edrychodd o'i amgylch eto. Roedd y lleisiau'n cryfhau. Rhwbiodd Shimon ei wyneb yn wyllt. Gafaelodd yn llaw'r fechan a'i thywys oddi yno ar frys.

✳

Ma'r eira'n las llachar heno 'ma. Y lleuad sy'n gneud iddo edrach fel'na. Gewin cath o leuad ydi hi. Ond ma hi'n ddigon i ddangos y ffor' inni. Mi neith hi helpu ni, fi a Shimon, i fedru cyrradd Seion.

✳

Prin roedd modd gweld y llawr o'u blaenau wrth i'r gwynt ffluwchio'r eira yn eu herbyn. Ond roedd yn rhaid i Shimon ddal i redeg, am ychydig eto, rhag ofn fod rhywun yn eu dilyn. Prin oedd golau'r lleuad a phrinhau roedd ei egni.

'Ti'n iawn?'

Nodiodd hithau.

Yn y man, rhoddodd y gorau i redeg. Edrychodd o'i amgylch a sylwi ar graig yn pwyso wrth foncyff coeden.

Byddai cysgod yn y fan honno, meddyliodd. Gallent aros yno tan i'r wawr ddechrau torri ac wedyn gallent droi am y gorllewin.

Nythodd y ddau'n dawel a ddywedodd hi'r un gair wedyn ar ôl swatio yn ei gesail. Yn raddol bach, caeodd yntau'i lygaid. A gwelodd Egor eto. Waeth faint fyddai'n ceisio peidio, byddai'r wyneb diystum a'r graith dan y llygad dde'n mynnu crogi yn ei feddwl. Ond yn araf deg, pylodd y graith o'r wyneb a daeth gwên i'r golwg. Gwên ddireidus a llygaid Motl ynghau.

Llyncodd Shimon yn drwm. Teimlodd ei ruddiau'n llosgi ac agorodd ei lygaid yn y man. Roedd ei fysedd wedi dechrau cloi.

Pan agorish i'n llgada wedyn, ro'n i'n gynnas. Ro'dd Shimon 'di rhoi'i gôt amdana i a do'dd 'na'm sŵn o gwbl. Dim gweiddi, dim ffraeo, dim gynnau. Dim ond amball dderyn yn deud 'Bore da' a'r haul yn codi'n goch tu ôl i'r coed. Ro'dd 'na ddail ar amball goedan 'fyd. A'r eira fath â 'dagrau ar ruddiau'r dail'. Ro'dd Shimon yn dal i gysgu. Cysgu'n drwm. Wedyn dyma fi'n clwad twrw. Sŵn briga'n clecian. Pobl – dynion yn sisial. A dyma dri ohonyn nhw'n dŵad i'r golwg. Gola mawr tu ôl iddyn nhw. Ro'dd 'na gysgod ar eu gwyneba nhw, ond o'n i'n nabod y lleisia. Ro'dd y tri 'di croesi'r Môr Coch i ddŵad i'n nôl i.

Rhith
y gannwyll

Plygodd yr hen wraig yn araf a dal y sblint wrth ben y gannwyll gan ddweud rhyw air neu ddau, ond ni chlywodd y bychan yn union beth.

Yn raddol bach, roedd mam y bachgen wedi symud at yr hen wraig a oedd ar ei phen ei hun, wedi tynnu sgwrs â hi, ac wedi mentro gosod ei braich amdani. Roedd ei dad bellach wedi troi'i ben ac yn edrych ar y byrddau pren a osodwyd dros y ffenestri o boptu'r buarth. Felly, aeth y bachgen yn nes at y blodau a bwysai yn erbyn y wal ac edrych ar y rhes o ganhwyllau, a'u cysgodion yn gwingo'n batrymau y tu ôl iddynt.

Gwelai siâp milwr â chap trwchus am ei ben yn crynu am ennyd cyn diflannu. Wedyn, gwelai greadur tebyg i aderyn yn ymffurfio, a'i big yn pigo gwaelod y blodau.

Roedd yr hen wraig bellach yn siarad efo mam y bychan, â chysgod gwên yn glöynna ar ei hwyneb wrth iddi hel atgofion amdani hi a'i ffrind.

Sylwodd y bachgen fod gan y cysgod adenydd main a bod y rheiny'n ysgwyd yn wyllt, yna, dechreuodd gamu tuag at yr aderyn cyn i ddwylo'i dad bwyso ar ei ysgwyddau a'i nadu rhag symud. Cododd y bachgen ei ben. Roedd llygaid ei dad yn rhythu ar y wal o'i flaen, ar y sment a beintiwyd dros dyllau'r gorffennol.

Plygodd y bychan ei ben eto a gweld bod y gannwyll wedi diffodd. Roedd ei fam yn iawn wedi'r cyfan, fyddai'r un aderyn i'w weld bellach y tu fewn i ffiniau'r gwersyll.

Cododd y bychan ei lygaid. Roedd yr hen wraig yn rhyw giglan wrth gofio, ac roedd gan fam y bychan wên yn tyfu ar ei hwyneb hithau. Edrychodd ar ei dad ac roedd yntau'n dal i astudio'r muriau. Plygodd ei ben eto, a gweld bod y sblint a ddefnyddiodd yr hen wraig yn dal i fod wrth y blodau. Estynnodd amdano. Ni sylwodd neb, felly aeth ati i osod y sblint wrth ymyl fflam ac ailgynnau cannwyll yr aderyn.

DIOLCHIADAU

Mae fy niolch yn aruthrol i lawer am yr holl gymorth a chefnogaeth a dderbyniais wrth lunio'r gwaith – rydw i'n gwerthfawrogi'n arw. A hoffwn gydnabod rhai yn benodol:

- Diolch o waelod calon i Angharad Price am ei chefnogaeth a'i hanogaeth ar hyd y blynyddoedd, ac am ei sylwadau gwerthfawr wrth imi ysgrifennu'r gwaith.

- Diolch i Gerwyn Wiliams a Francesca Rhydderch am eu sylwadau adeiladol ar fersiwn gynharach o'r nofel, a diolch yn arbennig iawn i Lleucu Roberts am ei brwdfrydedd, ei hamser, a'i chyngor gwerthfawr wrth imi ddatblygu'r gwaith.

- Diolch yn ddiffuant i Dyfed Edwards, Sonia Edwards, Annes Glynn a Jerry Hunter am ddarllen y nofel cyn ei chyhoeddi ac am eu geiriau caredig.

- Diolch yn fawr i Sioned Puw Rowlands am ei sylwadau buddiol ac am y cyfle i gyhoeddi detholiad o 'macht' yn *O'r Pedwar Gwynt*.

- Diolch o galon i Luned Aaron am greu darn o gelf ar gyfer y clawr sy'n dal naws y nofel i'r dim, ac am greu'r delweddau sy'n rhedeg fel llinyn arian drwy'r gwaith.

- Diolch yn fawr i Mererid Hopwood a Gwasg Gomer am ganiatáu imi ddyfynnu 'Cof Yfory' ar ddechrau'r llyfr.

- Diolch yn fawr i Angharad Lloyd Derham a Mefys Jones-Edwards – fy athrawon Addysg Grefyddol yn Ysgol Syr Thomas Jones, Amlwch – am eu brwdfrydedd heintus yn y pwnc ac am drefnu'r daith i Wlad Pwyl yn 2009. Ni fuaswn wedi ysgrifennu'r nofel hon oni bai am y daith honno.

- Diolch i Manon Wyn Williams, Sam Jones, Carwyn a Nerys Siddall am bob cymorth a sgwrs ddifyr.

- Diolch i Huw Meirion Edwards am ei waith golygu trylwyr a'i sylwadau gwerthfawr, i Sion Ilar am ddylunio'r clawr, i Malcolm Lewis am y dyluniad mewnol, ac i'r Cyngor Llyfrau am y gefnogaeth i gyhoeddi.

- Diolch yn arbennig i Marred Glynn Jones am ei hanogaeth gyson, ei charedigrwydd ac am ei gwaith gofalus wrth lywio'r gyfrol drwy'r wasg. Diolch hefyd i Geraint Lloyd Owen a holl staff Gwasg y Bwthyn.

- Ar nodyn personol, hoffwn ddiolch i'm teulu a'm ffrindiau am eu cefnogaeth, amynedd ac anogaeth, a diolch yn arbennig i Mam.